A filha única

Guadalupe Nettel

A filha única

tradução
Silvia Massimini Felix

todavia

*Para minha amiga Amelia Hinojosa, que com
grande generosidade me permitiu contar os detalhes
de sua história e ao mesmo tempo me concedeu a
liberdade de inventar, quando necessário.*

If you've never wept and want to, have a child
David Foster Wallace, *Incarnations of Burned Children*

Scendono dai nostri fianchi
I lombi di tanti figli segreti
Alda Merini, *Reato di vita*

O homem que se considera superior, inferior ou até
igual a outro homem não compreende a realidade
Buda, *Sutra do diamante*

Olhar para um bebê enquanto ele dorme é contemplar a fragilidade do ser humano. Ouvi-lo respirar de forma suave e harmoniosa produz uma mescla de calma e temor. Observo o bebê diante de mim, seu rosto relaxado e carnudo, o fio de leite que escorre por uma das comissuras de seus lábios, suas pálpebras perfeitas, e penso que todo dia uma das crianças que dormem em todos os berços do mundo deixa de existir. Apaga-se sem nenhum ruído, como uma estrela perdida no universo, entre milhares de outras que continuam a iluminar as trevas da noite, sem que sua morte provoque espanto em ninguém, a não ser em seus parentes mais próximos. Sua mãe fica desconsolada pelo resto da vida, às vezes seu pai também. Os outros aceitam com assombrosa resignação. A morte de um recém-nascido é algo "natural", algo tão comum que ninguém se surpreende; no entanto, como aceitá-la quando a beleza daquele ser perfeito já nos atingiu? Observo esse bebê dormindo embrulhado em seu macacão verde, com o corpo totalmente relaxado, a cabeça de lado no pequeno travesseiro branco, e desejo que ele continue vivendo, que nada perturbe seu sono nem sua vida, que todos os perigos do mundo se afastem dele, e o vendaval das catástrofes o ignore em sua passagem destrutiva. "Nada vai lhe acontecer enquanto eu estiver ao seu lado", prometo-lhe, mesmo sabendo que estou mentindo, pois no fundo sou tão impotente e vulnerável quanto ele.

Parte I

I

Algumas semanas atrás, chegaram novos vizinhos ao apartamento do lado. Trata-se de uma mulher com um filho que parece descontente com a vida, para dizer o mínimo. Nunca o vi, mas basta escutá-lo para perceber. Ele chega da escola por volta das duas da tarde, quando o cheiro de comida que sai de sua casa se espalha pelos corredores e escadas de nosso prédio. Todos ficamos sabendo que ele chegou pela maneira impaciente como toca a campainha. Assim que fecha a porta, começa a gritar em altos decibéis para reclamar do cardápio. A julgar pelo cheiro, a comida naquela casa não deve ser nem saudável nem saborosa, mas a reação da criança com certeza é exagerada. Profere insultos e palavrões, algo desconcertante para um garoto de sua idade. Também bate portas e joga todo tipo de objetos contra as paredes. As crises costumam ser longas. Desde que se mudaram, contei três delas, e em nenhuma dessas ocasiões consegui ouvir até o final, então não posso dizer como terminam. Ele grita tão alto e de forma tão desesperada que nos obriga a sair correndo.

Devo admitir que nunca me dei bem com crianças. Se elas se aproximam de mim, eu as evito e, quando preciso interagir com elas, não tenho a mínima ideia de como fazê-lo. Sou daquelas pessoas que ficam totalmente tensas se ouvem um bebê chorar no avião ou na sala de espera de um consultório, e que enlouquecem se o choro durar mais de dez minutos. Não é que eu odeie crianças. Acho até divertido vê-las brincando num parque ou disputando um brinquedo na caixa de areia. São um exemplo vivo de como os seres humanos seriam se não houvesse regras de cortesia e civilidade. Durante anos, tentei convencer minhas amigas de que se reproduzir era um erro irreparável. Dizia-lhes que uma criança, por mais terna e doce que fosse em seus bons momentos, sempre representaria um limite à sua liberdade, um encargo econômico, sem falar no desgaste físico e emocional que traz consigo: nove meses de gravidez, outros seis ou mais de amamentação, frequentes noites sem dormir durante a infância e, então, uma angústia constante ao longo da adolescência. "Além disso, a sociedade está planejada para que sejamos nós mulheres, e não os homens, que nos encarreguemos de cuidar dos filhos, e isso muitas vezes implica sacrificar a carreira, as atividades solitárias, o erotismo e às vezes o casal", explicava-lhes com veemência. "Será que vale mesmo a pena?"

2

Naquela época, viajar era muito importante para mim. Desembarcar em países distantes dos quais eu não sabia muita coisa e percorrê-los por terra, a pé ou em ônibus caindo aos pedaços, descobrir sua cultura e gastronomia estava entre os prazeres deste mundo a que de forma alguma eu pensava em renunciar. Fiz uma parte de meus estudos fora do México. Apesar da precariedade em que eu vivia naquela época, vejo-a como uma fase mais leve de minha vida. Um pouco de álcool e alguns amigos bastavam para transformar qualquer noite numa festa. Éramos jovens e, ao contrário de hoje, ficar acordado não causava grandes estragos em nosso corpo. Morar na França, mesmo com pouco dinheiro, me dava a oportunidade de conhecer outros continentes. Quando estava em Paris, passava muitas horas lendo em bibliotecas, indo ao teatro, a bares ou boates. Nada disso é compatível com a maternidade. Mulheres com filhos não podem viver assim. Pelo menos não durante os primeiros anos de criação. Para se permitir uma simples ida ao cinema ou jantar fora é preciso planejar com antecedência, conseguir uma babá ou convencer seu marido a tomar conta dos filhos. Por isso, sempre que as coisas começavam a ficar sérias com um homem, eu lhe explicava que comigo ele nunca teria filhos. Se ele discutisse ou se houvesse qualquer sinal de tristeza ou descontentamento em seu rosto, eu apelava na mesma hora para a superpopulação da Terra, um motivo poderoso e humanitário o bastante para que ele não me chamasse de amarga ou, pior ainda, de egoísta, como eles costumam denominar aquelas de nós que decidiram se furtar ao papel histórico de nosso sexo.

Ao contrário da geração de minha mãe, que achava uma aberração não ter filhos, muitas mulheres na minha decidiram não procriar. Minhas amigas, por exemplo, poderiam ser divididas em dois grupos igualmente grandes: aquelas que pensavam em abdicar de sua liberdade e se imolar em prol da conservação da espécie e aquelas que estavam dispostas a assumir o opróbrio social e familiar para preservar sua autonomia. Cada grupo justificava sua posição com argumentos fortes. Naturalmente, eu me entendia melhor com as mulheres do segundo grupo. Alina era uma dessas.

Nós nos conhecemos aos vinte anos, naquela época que em muitas sociedades ainda se considera a melhor idade para procriar, mas ambas sentíamos uma aversão semelhante ao que chamávamos, cúmplices, de "o grilhão humano". Eu estava fazendo mestrado em literatura, e tanto minha bolsa quanto minha condição de freelance estavam longe de me proporcionar alguma segurança financeira. Alina tinha um emprego exigente, mas bem pago, num instituto de arte, e estava determinada a se especializar em gestão cultural. Embora sua renda fosse o dobro da minha, Alina abria mão de boa parte dela para enviá-la à família: seu pai estava doente havia muitos anos e morava sozinho numa cidadezinha de Veracruz, enquanto sua mãe tentava se recuperar de um derrame. Alina chegou muito cedo àquela fase da vida em que os pais dependem de nós. Como ela poderia, além disso, cuidar de uma criança?

Naquele tempo, eu era uma grande aficionada das artes divinatórias, em especial de quiromancia e tarô. Lembro-me de que um dia, depois de uma longa festa que deixou dois copos quebrados e um cemitério de garrafas na varanda, Alina e eu ficamos sozinhas em meu apartamento. Na Rue Vieille du Temple, tão solitária àquela hora, ouvimos os passos do último convidado. Perguntei se me deixaria ler as cartas para ela.

Alina aceitou apenas para me agradar, pois sempre foi uma mulher pragmática, e a ideia de receber mensagens de forças invisíveis lhe parecia completamente maluca. Ela considerava o tarô um jogo como qualquer outro. A leitura de cartas que escolhi naquela noite era ambiciosa e abrangia o resto de sua vida. Alina cortou as cartas várias vezes e então as dispôs sobre a mesa, nas posições que eu ia indicando. Quando estavam todas no lugar, comecei a virá-las lentamente, um pouco por embriaguez e um pouco para conferir teatralidade ao momento. Enquanto isso, a história ia aparecendo como se revela uma fotografia quando a submergimos em nitrato de prata. No meio da leitura, apresentaram-se A Imperatriz, o Seis de Espadas, A Morte e O Enforcado. A Morte — o décimo terceiro arcano, que em muitos tarôs nem sequer tem nome — é uma carta que nem sempre implica falecimento, mas traz consigo uma mudança radical e profunda. Tudo indicava que uma tragédia desviaria o curso de sua existência, talvez até acabasse com ela. Fui obrigada a fazer um esforço para esconder minha contrariedade. Alina deve ter notado meu rosto desconcertado porque perguntou, preocupada, o que eu estava lendo.

— Diz aqui que você será mãe e que sua vida se tornará uma prisão — retruquei com um sorriso brincalhão.

Alina balançou a cabeça com força enquanto ria, certamente pensando que era uma brincadeira minha. Mas seus grandes olhos pretos olhavam para mim interrogativos, e eu percebi neles um fundo de inquietação. Continuamos bebendo, e algumas horas depois, quando terminamos a última garrafa, me despedi dela na porta do prédio. Subi as escadas até minha casa e fui para a cama assustada com o que tinha visto.

Meses mais tarde, Alina decidiu voltar para o México, onde encontrou um bom emprego numa galeria. Eu, em contrapartida, fiquei mais um ano na França e depois, quando terminei o mestrado, comecei a viajar pelo Sul da Ásia. Percorri a pé vales e trilhas nas montanhas. Visitei vários templos e centros de peregrinação budistas. Era especialmente fascinada pelas monjas de hábitos marrons e cabeças raspadas que haviam decidido abandonar a vida familiar para se dedicar ao estudo e à meditação. Eu me sentava em silêncio a poucos metros delas para ouvi-las cantar em vozes muito distintas os cantos guturais dos lamas, ou recitar sutras que falavam de libertação e do fim do sofrimento. A distância é uma prova infalível para a amizade. Às vezes a devasta como uma geada faz com uma boa colheita. Mas não foi isso que aconteceu entre mim e Alina. Continuamos a nos corresponder e telefonar com frequência, mantendo-nos a par dos acontecimentos mais relevantes — o surgimento de Aurelio em sua vida, a saúde de seu pai, a escolha do tema de minha tese —, e assim se fortaleceu ainda mais o carinho que tínhamos uma pela outra.

3

Quando se é jovem, é fácil ter ideais e viver de acordo com eles. O complicado é manter a coerência ao longo do tempo, com todos os desafios que a vida nos impõe. Pouco depois de completar trinta e três anos, comecei a notar a presença e, inclusive, o encanto das crianças. Já fazia alguns anos que eu morava com um artista asturiano que passava muitas horas em casa dedicado ao seu trabalho, preenchendo o ar de nosso apartamento com o cheiro delicioso de suas tintas. Chamava-se Juan. Ao contrário de mim, ele sabia e lhe dava prazer conviver com crianças. Sempre que cruzava com uma delas no parque ou na casa de um amigo, Juan parava o que quer que estivesse fazendo para conversar com ela. Não sei se foi sua influência ou meu próprio corpo, mas enquanto estávamos juntos comecei a baixar a guarda. Embora eu ainda não tivesse me aproximado delas, as crianças me causavam certa curiosidade. Era agradável vê-las andar com as mochilas nas costas na saída da escola ou na rua, rumo à estação do metrô. Eu olhava para elas como olhamos para uma fruta madura quando estamos com fome. Sem me dar conta, também comecei a prestar atenção nas mulheres grávidas. Podia vê-las em todos os lugares como se de repente tivessem se multiplicado, e quando estávamos numa festa ou na fila do cinema, às vezes eu começava a conversar com elas, de tanta curiosidade. Precisava entendê-las, saber se realmente haviam escolhido aquele destino ou se, ao contrário, acatavam com resignação uma exigência familiar ou social. Até que ponto suas mães, seus parceiros, suas amigas tinham influenciado sua decisão?

Numa manhã de sábado de inverno, enquanto vadiávamos na cama, Juan e eu tocamos no assunto da reprodução. Ele me disse que tinha muita vontade de ter um filho e que estava apenas esperando que eu lhe desse sinal verde. Ele era — deve-se reconhecer — um homem muito terno, e com certeza também seria assim como pai. Passaram por minha mente cenas de nós dois cuidando de um bebê, medindo a temperatura da água numa banheira ou empurrando um carrinho pela rua. Essa vida familiar estava lá, ao alcance de minhas mãos. Bastava deixar o preservativo na mesinha de cabeceira, talvez apenas uma vez, para cruzar o limiar da maternidade. À semelhança de quem, sem ter pensado jamais em suicídio, se deixa seduzir pelo abismo quando está no telhado de um arranha-céu, tive a tentação de engravidar. Juan afastou meu cabelo do rosto e começou a me beijar efusivamente. Senti seu membro ereto próximo à minha coxa, pronto para obedecer no mesmo instante aos ditames da natureza. Cedi com fascínio àquela força avassaladora por um ou dois minutos. Depois — por fim — meu instinto de sobrevivência até então adormecido reagiu e me tirou da cama. Embora estivesse nevando lá fora, corri para a sacada e acendi um cigarro. Disse a mim mesma que o relógio biológico tinha se apoderado de meu juízo. Se não encontrasse uma estratégia bastante eficaz para resistir, a vida que eu construíra com tanto esforço corria um grave perigo.

Permaneci em silêncio durante todo o fim de semana. Na segunda-feira, apareci sem avisar no consultório de meu ginecologista e lhe pedi que ligasse minhas trompas. Depois de me fazer uma série de perguntas para avaliar minha convicção, o médico consultou sua agenda. Fui para a sala de cirurgia naquela mesma semana, certa de que havia tomado a melhor decisão de minha vida. O cirurgião fez seu trabalho com bastante habilidade, mas durante a convalescença contraí uma infecção causada por uma daquelas bactérias hospitalares difíceis de eliminar. Voltei para casa com febre e fiquei assim vários dias sem explicar a ninguém o que havia acontecido comigo, nem mesmo a Juan. Depois, quando tive alta, telefonei para Alina, certa de que só ela seria capaz de me compreender. A partir de então, as coisas com Juan começaram a se complicar. Se antes desfrutávamos do silêncio juntos, eu lendo enquanto ele pintava em seu estúdio, assistindo a filmes clássicos ou caminhando pelo cemitério ao lado de nossa casa, agora tínhamos a sensação de estar perdendo tempo. A paciência foi nos abandonando. Nós nos irritávamos mutuamente. Não foi uma longa agonia e tampouco um término muito doloroso, apenas a constatação de que tínhamos projetos de vida distintos. Fui eu quem saiu do apartamento. Fui embora com três malas que guardei no porão de uma amiga. Em seguida, procurei o voo mais barato para Katmandu, e durante um mês fiquei peregrinando por vários mosteiros. Naqueles meses, Juan me escreveu alguns e-mails que li no cibercafé empoeirado e decadente de Pharping. Seus textos eram uma espécie de subscrição para explicar o óbvio. Eu os lia por respeito à nossa história, adivinhando o conteúdo deles, até que num de seus últimos e-mails ele anunciou que estava saindo com uma garota, uma escultora canadense que havia conhecido num colóquio, e que estavam esperando um filho. "Eu te conheço, Laura. Sei que você não gostaria de saber disso por outra pessoa, então preferi te contar." A notícia me entristeceu, mas acho que de alguma forma me ajudou a me desligar do passado. Era hora de fazer uma mudança radical em minha vida. Decidi sair de Paris e voltar ao México para terminar de escrever minha tese.

4

Voltei para o México no início de fevereiro, quando os jacarandás cobrem as ruas da cidade com suas flores de cor violeta, e tudo adquire um aspecto bucólico, um tanto irreal. Convidei Alina para jantar num restaurante japonês de seu bairro, do qual ela gosta muito. Era a primeira vez que nos víamos depois do meu retorno. Ela havia acabado de fazer aniversário e, para comemorar, pedimos iguarias de todos os tipos: salmão ao sal, espinafre com gergelim, aspargos enrolados em filés, dois pratos de udon e duas garrafas de saquê. Uma brisa cálida entrava pela janela. Falamos de meu rompimento com Juan, de sua paternidade iminente, de minha decisão de voltar. Então ela perguntou sobre minha saúde. Tranquilizei-a dizendo que a infecção durara pouco e que a cirurgia tinha sido uma decisão perfeita, a melhor que as mulheres de trinta e poucos anos como nós podiam adotar, convencidas desde sempre de que não teremos filhos, uma verdadeira vacina contra a pressão social.

Brindamos a essa decisão, e o álcool despertou em mim uma alegria que eu não sentia havia muitos meses.

— Você deveria fazer o mesmo — eu disse enquanto me servia de mais saquê. — Você não sabe como é bom!

Ela me ouviu sem fazer comentários. Riu comigo enquanto eu ria e, quando terminamos de brindar, decidiu me dizer o que realmente pensava. Com muito tato, quase com medo, ela me disse que respeitava minha decisão, mas que já não compartilhava esse ponto de vista. Ela queria engravidar. Contou-me que ela e seu parceiro tinham parado de evitar a gravidez havia mais de um ano, ainda sem obter resultados.

— Talvez seja uma questão de compatibilidade — sugeriu, com um tom de impaciência. — Fizemos todos os exames e eles não acusam infertilidade em nenhum de nós. Portanto, esta semana vamos iniciar um tratamento.

Ela explicou que estava disposta a ir até o fim, incluindo a concepção in vitro e o transplante de óvulos.

A notícia não só me surpreendeu como me impediu de falar o resto da noite. Não fingi felicidade nem interesse pelos detalhes. Em amizades como a nossa, não há lugar para hipocrisia. Enquanto Alina se enrolava na frente de seu prato de macarrão descrevendo as novas técnicas de reprodução assistida, meus ouvidos foram se fechando como duas plantas sensíveis à luz. Uma sensação de nostalgia antecipada tomou conta de mim. Em minha memória circulavam as imagens de nossa juventude comum ainda nítidas, mas já nubladas por aquele futuro imediato. Saí do restaurante confusa. Se o tratamento desse certo, Alina faria parte da turma de todas aquelas mulheres que haviam sido minhas amigas e que, depois do parto, só se reúnem para ir ao parque ou a cinemas que passam filmes para idiotas, um grupo ao qual eu me negava terminantemente a pertencer. Mas, mesmo que o tratamento não obtivesse sucesso, não haveria como voltar atrás. A partir de agora estávamos distanciadas por uma fronteira invisível: ela aprovava a maternidade como um destino desejável para as mulheres, enquanto eu tinha me submetido a uma cirurgia para resistir a ela.

Alina também me explicou que estava se consultando com uma psicóloga. Tinha começado as sessões desde que voltara da França. Uma mulher na casa dos sessenta anos, chamada Rosa, de quem ela já tinha ouvido falar com certa reverência por outros psicanalistas e que aparentemente desempenhou um papel importante em sua decisão de ter filhos.

— Você percebe? Durante anos, tive medo de repetir os erros que minha mãe cometeu com minha irmã e comigo. Precisei desativar esse medo para conseguir ver que realmente quero formar uma família. Quero ter essa experiência, Laura. Sonho com isso. Desculpe se estou te decepcionando.

5

Durante os primeiros meses que passei na Cidade do México, mudei várias vezes de apartamento em busca de um lugar para me estabelecer. Quase não via ninguém se não fosse por motivos acadêmicos. Nas manhãs de domingo, tomava café na casa de minha mãe. Conversávamos sobre política, romances e notícias de jornal. Eu a acompanhava para fazer compras e não tinha mais notícias dela até a semana seguinte. A maioria de minhas amizades não resistira ao teste da distância. Pensei em Alina muitas vezes. Embora sentisse falta dela, evitei procurá-la. Sobre o que iríamos conversar? Métodos reprodutivos? A liga do leite materno? Contudo, nem meu silêncio nem minha falta de entusiasmo a impediram de me telefonar o quanto fosse até que eu respondesse, e foi graças à sua insistência que mantivemos contato.

Sempre fiquei intrigada com a ansiedade que toma conta de quem tenta engravidar a qualquer custo. Já vi gente gastar fortunas mobilizando hospitais, recorrendo a bancos de esperma ou a barrigas de aluguel para ter um filho, enquanto outras, grávidas por acidente, consideram isso uma desgraça. Por mais de seis meses, Alina fez tudo que esteve ao seu alcance para engravidar. Recorreu a vários médicos e clínicas especializadas sem perder as esperanças. Sob altas doses de hormônios, seu corpo ganhava e perdia peso, e seu humor parecia ter sido sacudido por uma centrífuga. Enquanto isso, não me saíam da cabeça os versos de Jetsun Milarepa sobre a atitude do ser humano: *tentando ser felizes, mergulham de cabeça no próprio sofrimento*. Quando todos os recursos se esgotaram, ela não teve escolha a não ser resignar-se à infertilidade e retomar sua vida de sempre. Voltou a viajar pelo mundo para participar de feiras e inaugurações, acompanhando os artistas da galeria em que trabalhava. Também voltou a ir comigo ao teatro e à cinemateca para ver aqueles filmes experimentais de que tanto gostávamos de comentar depois, diante de um gim-tônica ou de uma garrafa de vinho tinto.

Numa tarde de domingo particularmente sufocante, em que eu lutava para ficar acordada corrigindo um artigo, Alina me ligou no celular.

— Tenho uma boa notícia — disse ela —, e queria que você fosse a primeira a saber.

Ela não precisou explicar mais nada. Eu a conhecia havia anos e bastou ouvir o tom de sua voz para saber o que ia anunciar. Quando ela finalmente pronunciou a palavra "grávida", senti um pulo no peito tão semelhante ao júbilo que me desconcertou. Como eu podia me alegrar? Alina estava prestes a desaparecer para se juntar à seita das mães, aqueles seres sem vida própria que, com grandes olheiras e aparência de zumbi, arrastam carrinhos pelas ruas da cidade. Em menos de um ano ela se transformaria num autômato reprodutor. A amiga com quem sempre contei deixaria de existir, e eu estava lá, do outro lado da linha, parabenizando-a por isso? É claro que ouvi-la tão feliz era contagiante. Mesmo que eu tivesse feito campanha durante toda a minha vida para salvar meu gênero desse fardo, decidi não lutar contra aquela alegria.

6

Ontem à tarde, o menino que mora no apartamento do lado teve uma nova crise. Eu havia me sentado na varanda que dá para o pátio interno do prédio com um chá de menta e um romance de Mircea Cărtărescu, a quem me afeiçoei nos últimos meses. O romance conta a vida de um professor de uma escola de Bucareste na qual há uma epidemia incontrolável de piolhos. Enquanto tentava imaginar os corredores daquela escola comunista — e, a julgar pelo relato, bastante lúgubre — dos anos 70, escutei que batiam na parede com algo que parecia ser um objeto pesado. Depois vieram os gritos de sempre.

— Me tirem daqui, por favor! Me tirem dessa maldita cabeça! — ele vociferava, enquanto os golpes ficavam cada vez mais fortes. — Eu odeio essa merda de vida! Quero sair daqui!

Compreendi que o objeto pesado, aquilo que parecia uma bola de boliche ou um cinzeiro de vidro, era na verdade a cabeça, que a criança queria estourar. Perguntei-me se meu vizinho tinha essa personalidade desde o nascimento ou se ele havia sofrido maus-tratos que o teriam prejudicado para sempre. Disse a mim mesma que uma criança dessa idade não tem um vocabulário assim, a menos que escute aquilo em casa. Por trás dele, como se viesse de outro cômodo ou pelo menos de alguns metros de distância, a voz de sua mãe também soava estridente.

— Pare, Nico! — ela lhe pedia sem muita convicção. — Pare de fazer isso!

O que se passava na cabeça daquela mulher? Sentia-se de alguma forma responsável pela raiva permanente do filho? Será que pelo menos já havia tentado medicá-lo? Ao contrário do menino, que nunca vi, ela eu conheço, ou melhor, já a encontrei algumas vezes na entrada do prédio, onde costuma fumar à noite enquanto fala no celular com o tom de voz infantil que a caracteriza. É magra, agitada e quase sempre usa roupas esportivas. A única parte de sua aparência de que ela parece cuidar são as unhas. Ela as usa curtas, às vezes pintadas de vermelho e às vezes de preto. Quase sempre combinam com a cor de seu batom.

Ao escutar a apatia com que se envolvia nas crises do filho, disse a mim mesma que muito provavelmente se resignara a viver assim pelo resto da vida. Aquele era o único filho dessa mulher solteira que — eu especulava — nem mesmo o desejara. Dizem que a violência se propaga e que basta presenciar uma cena como essa, ainda que auditivamente, para que nosso cérebro se sintonize com ela. Depois de alguns minutos, eu também estava alterada e com vontade de bater na parede. Que meus vizinhos me impusessem esse tipo de espetáculo me parecia uma imensa falta de respeito. Por um momento, pensei em bater à porta deles para exigir que parassem com o escândalo imediatamente. Mas então disse a mim mesma que minha visita só pioraria as coisas. Talvez a única maneira que aquela mulher encontrasse para silenciar o filho fosse batendo nele. Tive pena do menino, e isso mitigou a raiva que me invadia. Decidi não reclamar, pelo menos daquela vez, e saí de casa para não continuar escutando.

7

Uma gravidez muda muitas coisas. Antes mesmo de dar à luz, a vida de Alina começou a mudar drasticamente: ela teve de excluir café e cigarros de sua dieta, tomar ácido fólico e outros suplementos, ir ao ginecologista com frequência, fazer exames de sangue, ultrassons. Ela e Aurelio reformaram o apartamento para receber o bebê. Depois de uma longa pesquisa em lojas de móveis e em sites, compraram um berço que veio, pelo correio, da Dinamarca.

Enquanto isso, visitei dezenas de apartamentos para alugar em diferentes bairros da cidade, até que finalmente encontrei este, localizado num prédio do século XIX da *colonia* Juárez, lindo, ensolarado e com piso de madeira. Uma oportunidade em termos de preço. Assinei o contrato imediatamente, mas tive de esperar um mês para me mudar, até que terminassem de reformá-lo. Pedi abrigo a Alina, mesmo sabendo que não era o melhor momento para eles. Ambos aceitaram sem hesitar, como se fosse uma coisa óbvia.

Assim que cheguei à casa deles, fiquei doente. Meu corpo provavelmente estava cobrando o preço de tanto estresse e incerteza. Fiquei dias e noites inteiros ardendo em febre. Em meus pesadelos, lembrei-me das cartas de tarô que tinha visto anos antes. Aurelio e Alina apareciam atravessados por seis espadas. O rosto do enforcado, contudo, estava coberto e, apesar de meus esforços, não consegui obter nem uma pista quanto à sua identidade. Todos aqueles dias, Alina cuidou para que eu tivesse comida e me mantivesse aquecida. Aos poucos, a febre foi cedendo. Na manhã em que me senti melhor, passei um bom tempo na internet procurando dicas para decorar minha casa nova. Não havia ninguém no apartamento, o sol banhava o escritório com uma luz agradável. Sobre a mesa estava a certidão de nascimento de Alina e também o passaporte vermelho que lhe deram quando adquiriu a nacionalidade francesa. Abri a primeira página para ver a fotografia e a achei particularmente bonita. Ela nunca precisou de maquiagem, seus lábios são carnudos, de um rosa-escuro, e seus cílios são espessos e invejáveis. Mas não é isso, e sim a autoconfiança que a torna tão atraente. Então peguei o documento e li a data, a hora e o local de nascimento, sentindo que despertava em mim o desejo de voltar à adivinhação. Tomada por esse impulso, saí da página de móveis e abri um site de astrologia para descobrir se havia algo em seu mapa astral que explicasse a leitura de cartas tão espantosa daquela noite. Digitei os dados dela. Em poucos segundos apareceram seu signo e o ascendente, que eu já sabia, mas também outros, que falavam de uma crise muito importante. O Sol na oitava casa indicava sérios problemas de saúde ou existenciais no meio de sua vida, enquanto Saturno na nona indicava um desafio inimaginável. Essa posição de Saturno, advertia a página, é vista com frequência nas cartas dos mártires.

Quanto mais amamos uma pessoa, mais frágeis e inseguros nos sentimos em relação a ela. Eu entendi como a presença de Alina era importante na minha vida. Existem pessoas sem as quais não é possível se imaginar neste mundo. Para mim, Alina era uma delas. Se morresse, uma parte de mim iria com ela. Fechei o programa com desânimo e prometi a mim mesma nunca mais ficar bisbilhotando o destino de minha amiga.

Quando o apartamento que aluguei ficou pronto, Aurelio e Alina chamaram outros conhecidos e, juntos, me ajudaram na mudança. Vieram Lea, a marselhesa com um marido mexicano, o dançarino Patricio, Lucía e Isabel que trabalhavam na mesma galeria. Duas semanas depois, fizemos uma grande festa para inaugurá-lo. Quase todos os amigos que estiveram em Paris o conheceram. Bebemos e dançamos como antigamente. Alina tomava água mineral com hortelã. Àquela altura, ela estava entrando na décima quarta semana e já apresentava alguns sinais de sua condição. Fui eu mesma que anunciei sua gravidez em tom exultante, diante dos olhos atônitos de todas aquelas que tinham me ouvido reclamar da maternidade. Uma gravidez certamente muda muitas coisas, inclusive o vínculo que temos com as pessoas: as amigas que haviam decidido não ter filhos agora a olhavam de outro modo, como se ela fosse portadora de uma doença transmissível. Por outro lado, aquelas que desejavam ter filhos e viam o tempo se encurtar lhe demonstravam uma admiração salpicada de inveja. Não sei se alguém, além de mim, estava realmente feliz por ela.

8

Depois da décima sexta semana, o ginecologista pediu a Alina um estudo morfológico, também conhecido como ultrassom tridimensional, durante o qual são medidos todos os ossos do feto, e o desenvolvimento dos órgãos é monitorado, graças a um equipamento bastante sofisticado que filma o interior da placenta. Para realizá-lo, Alina tinha de cruzar a cidade até a área de arranha-céus elegantes de Santa Fe, um bairro que não só me parece diferente da Cidade do México, mas do próprio planeta. O consultório ficava no décimo oitavo andar de um edifício com grandes janelas que ofereciam a vista panorâmica de uma favela. Antes de nós havia três casais, elegantes e refinados, com alianças nos dedos. Olhei para Alina e para mim, em nossos trajes mais do que informais e desgrenhados, em nossos cabelos que pareciam competir para ver qual o mais embaraçado. Sussurrei em seu ouvido que fingíssemos ser um casal de lésbicas, mas naquela tarde ela não parecia disposta a entrar na brincadeira. Vi que estava nervosa. Nessa consulta, dariam-lhe muitas informações importantes sobre o bebê. Ela não tinha disposição para jogos provocativos. Talvez sentisse falta de Aurelio, que na mesma hora tinha um encontro com um galerista britânico interessado em seu trabalho e não pudera acompanhá-la.

A secretária disse o nome e o sobrenome de Alina e nos fez entrar no consultório. Uma vez lá dentro, fomos atendidas por uma senhora idosa com sotaque uruguaio e o trato caloroso que as mulheres do Cone Sul têm. Ela explicou que durante a análise mediriam todos os órgãos do bebê, a distância entre as vértebras cervicais, a frequência cardíaca e por fim determinariam o sexo. O dispositivo parecia realmente novo e muito sofisticado. Enquanto Alina vestia o avental no banheiro, olhei pela janela para a cidade perdida. Pensei nas mães que davam à luz diariamente naquele local sem acesso a quase nenhum serviço médico, quando muito apenas uma clínica de bairro. O sexo da criança e seu estado de saúde eram informados no dia do nascimento.

Finalmente fomos para a sala do ultrassom. A médica passou um gel no abdome nu da minha amiga, e então começou a deslizar nele um aparelho branco, em forma de chuveiro portátil.

De repente, no silêncio da sala, irrompeu o som desenfreado de batimentos cardíacos. Eu estaria mentindo se dissesse que não me emocionei ao ouvi-los. Em seguida, a imagem de um feto laranja-escuro, incrivelmente bem formado, apareceu na tela. Era possível até ver seu rosto com lábios proeminentes como os de sua mãe, olhos grandes e nariz arrebitado.

Enquanto escrevia os dados que a tela indicava, a médica os anunciava em voz alta com seu sotaque uruguaio.

— O coração bate perfeitamente. Os pulmões e o fígado são bem distintos e se desenvolvem bem. O cérebro é um pouco menor do que os outros órgãos, mas isso é normal. Esse é o último órgão no desenvolvimento intrauterino — disse a médica. — O importante é que cresça na mesma proporção que o resto do corpo. Sugiro que você volte daqui a dois meses para conferir. A distância entre as vértebras cervicais está dentro da normalidade. Isso é muito importante, pois ajuda a descartar a síndrome de Down.

Alina e eu respiramos aliviadas. Para encerrar, ela disse:

— É uma menina. Aqui você pode ver a forma da sua vulva muito claramente.

O rosto de Alina se iluminou. Embora ela nunca tivesse dito em voz alta, nós duas sabíamos que ela desejava uma menina.

— Vai se chamar Inés — anunciou. E eu de imediato aprovei esse nome de poeta feminista.

Alina foi ao banheiro para se vestir novamente enquanto eu voltava para a sala de espera.

"Uma menina", pensei, enquanto me passavam pela mente os perigos que isso implica num país como o nosso.

Olhei de cima a baixo os dois casais que estavam sentados no sofá esperando. As mulheres usavam maquiagem e os cabelos alisados por uma escova, enquanto os maridos estavam de gravata. Todo mundo descobriria naquela manhã o sexo de seus filhos. Sairiam daquele consultório com uma nova informação, mas também com uma missão: comprar as roupas de sua progênie azul ou rosa, encher o quarto de objetos muito bem escolhidos — um carrinho de bombeiros, uma casa de bonecas — e insistir com eles, ao longo da infância, que deveriam se comportar de certa maneira: não abrir muito as pernas, não chorar mesmo que fossem humilhados. E o nome, é claro. *Nomen est omen*, o nome é um presságio, diziam os antigos. Quantas expectativas, quantas coisas implícitas em Inés, mas também em Manuel, Elena e Alejandro. Enquanto observava essas pessoas, me perguntei como seria nosso mundo se, em vez de nomes como aqueles, nos fossem atribuídos conjuntos de letras, imagens como Nuvem sobre o Lago ou Brasa no Fogo, e nos deixassem decidir quais gêneros escolher ou inventar. Perguntei-me, enfim, o que acontece quando uma criança nasce com um sexo duplo ou ambíguo e anos depois — uma vez que os médicos, com a permissão de seus pais, amputaram ou enclausuraram para sempre o sexo descartado — se recusa a assumir o sexo arbitrariamente atribuído a ela?

Alina por fim saiu do banheiro com o mesmo sorriso triunfal nos lábios.

— Vai ser uma menina! — disparou para a secretária, e aquela desconhecida fingiu se alegrar com a notícia, enquanto cobrava a consulta.

Estávamos no mês de janeiro. As tardes eram frias mas ensolaradas, e convidavam a passear por entre as árvores. Sugeri que caminhássemos pelo parque ao lado de sua casa antes de nos despedirmos. Desde o anúncio de sua gravidez, o futuro se tornara um tema recorrente. Às vezes falávamos sobre a educação mais adequada e a escola que ela escolheria de acordo com isso. Naquela tarde, ao contrário, nos concentramos no parto. Alina tinha trinta e seis anos, havia passado por uma cirurgia no útero por causa de alguns miomas e, portanto, seu médico a aconselhava a fazer uma cesariana. Eu tinha lido que o parto natural ajuda o bebê a adquirir os anticorpos da mãe, e também que facilita a respiração pulmonar, mas Alina confiava muito em seu ginecologista, a quem conhecia desde a adolescência. Era ele quem tinha se encarregado do tratamento de fertilidade com resultados lentos, mas evidentes. Ao contrário de muitas de nossas amigas, Alina não tinha opinião formada sobre parto natural ou amamentação. Se o médico aconselhava uma cesariana, não havia nada a discutir a esse respeito. Além do ultrassom 3D, ele havia insistido muito para que ela fizesse a amniocentese, um exame invasivo, recomendado para mulheres com mais de trinta e cinco anos, que consiste em inserir uma agulha na placenta e retirar o líquido amniótico para análise. Mais preciso do que a translucência nucal, esse exame permite determinar os sinais da síndrome de Down com menor probabilidade de erro. Naquela tarde, enquanto voltávamos para casa de táxi, ela me disse que havia decidido não fazê-lo. Não queria perturbar a gestação do bebê de forma tão violenta.

9

Os meses seguintes transcorreram sem transtornos. Alina ia nadar à tarde para manter a forma e resistir melhor ao trabalho de parto. Nos fins de semana, passeava com Aurelio pelas ruas do bairro, iam ao cinema ou visitavam algum amigo. Às vezes eu os convidava para almoçar em meu apartamento e preparávamos juntos um macarrão com cogumelos ou uma lasanha. A partir do quinto mês, a barriga de Alina dobrou de tamanho. Se você pusesse a mão na superfície, era possível detectar os movimentos. Já não falávamos "o bebê", a chamávamos pelo nome. Às vezes, Inés chutava, forçava um cotovelo ou joelho, e a mãe festejava em voz alta, convidando-nos a senti-la.

Eu estava cada vez mais concentrada em escrever minha tese, que alguns dias eu comparava com a gravidez de minha amiga. Decidir a estrutura daquele livro que se tramava em minha mente e em meu computador era como formar um esqueleto que eu imaginava ser sólido e ágil ao mesmo tempo. Às vezes, minha própria criação também me provocava náuseas. Lembro-me do silêncio que se instalava, então, dentro do prédio depois das oito da manhã, quando os vizinhos já tinham saído para trabalhar. Naquela época, o apartamento ao lado ainda estava vazio. O cheiro de couve-flor cozida ou fígado frito que agora toma conta do corredor e das escadas ainda não se espalhava. Também não havia filhos ou brigas. Era possível ouvir o barulho do elevador e detectar imediatamente os menores movimentos.

Certa manhã, enquanto me preparava para tomar o café da manhã na varanda, vi que o chão estava coberto de manchas cinza e brancas, como excremento de pássaros. Levantei os olhos para descobrir que havia um ninho em construção nas vigas do telhado. Não consegui tomar o café ali fora naquele dia. Peguei uma escova, um balde com água e detergente, e esfreguei com força até que nenhum vestígio de fezes restasse no chão. Então puxei a cadeira que usava no café da manhã e subi nela para desmontar os primeiros galhos daquele projeto de ninho. Poucas horas depois, ouvi o barulho inconfundível das pombas.

— *Urrrrr* — dizia uma delas, como quem formula uma longa pergunta.

— *Urrr* — respondia a outra.

Parei o que estava fazendo e me aproximei em silêncio para ver os pássaros que eu deixara desabrigados naquela manhã. Sem nenhum sinal de raiva ou indignação, observei-os colocar novos galhos na viga e começar a construir o ninho desde o início. Em menos de cinco horas, o chão estava novamente coberto de manchas.

Eu não gosto de pombas. Em Paris existe uma quantidade imensa dessas aves, que alguns chamam com razão de "ratas das coberturas". Os telhados dos edifícios estão cheios delas. São uma verdadeira praga. Já ouvi muitas vezes dizer que, de todos os excrementos animais, o das pombas é o mais tóxico. Quando está seco, torna-se volátil e, se for respirado, é quase inevitável que a pessoa contraia uma infecção pulmonar. Quando vi o estado de minha varanda, não hesitei nem por um momento: fui à cozinha e voltei com a vassoura. Dei alguns bons golpes no casal para deixar-lhes bem claro quem era a dona daquele território.

10

Ontem o menino que mora no apartamento ao lado novamente ultrapassou os limites da convivência. Por volta das cinco da tarde, ele teve um acesso de raiva durante o qual bateu em paredes e portas. Objetos de diferentes pesos colidiram contra as paredes daquela casa, enquanto sua mãe tentava chamá-lo à razão com o mesmo resultado de sempre, até que algo acabou quebrando o vidro da janela que separa a cozinha da área de serviço. Então, pela primeira vez desde que se mudaram, a vizinha abandonou sua apatia usual e começou a gritar tão alto quanto ele.

— Estou cheia de você! — escutei-a dizer a ele. — Não te suporto mais!

Resisti o melhor que pude à minha vontade de sair correndo. No dia seguinte, eu precisava entregar um capítulo completo da tese ao meu orientador e ainda tinha várias páginas pela frente. Sentei-me na varanda com meu computador, coloquei meus fones de ouvido e fiquei ouvindo música klezmer no volume máximo, tentando esquecer o que estava acontecendo a poucos metros de distância.

À noite, quando achei que as coisas tinham se acalmado, desci para comprar cigarros na mercearia e encontrei a vizinha sentada num degrau em frente à porta do prédio. Dessa vez ela não estava falando ao telefone, apenas olhava para a tela, como quem espera por uma mensagem muito importante. Dava para ver que ela havia chorado, e suas olheiras pareciam mais profundas. Avancei em direção à entrada, batendo a mão no maço para soltar o cigarro. Ao me ver, a mulher me encarou com uma expressão de súplica.

— Pode me dar um?

Tirei o invólucro de plástico do maço e o ofereci a ela.

— Se você quiser, pegue mais — disse-lhe.

A vizinha me olhou com simpatia. Estendeu a mão trêmula e tirou dois cigarros do maço com as unhas cor de vinho. Quando acendeu um deles, deu um longo suspiro de alívio com o qual não pude deixar de me identificar. Se os gritos de seu filho para mim já eram difíceis de suportar, como seria morar com ele?

Voltei para casa e fiquei trabalhando por um bom tempo na varanda. Quando terminei, tomei um banho, escovei os dentes e fui para a cama. Enquanto tentava adormecer com a ajuda infalível de *Anna Kariênina*, ouvi um gemido na parede contígua à minha cama, depois outro e outro. Queixas sem palavras inteligíveis, como os latidos de um filhote procurando a matilha. Mas ninguém veio em seu socorro. Disse a mim mesma que a mãe do filhote ainda devia estar lá embaixo, trocando mensagens ou em alguma ligação. Logo os gemidos se transformaram num choro torrencial. Toda a sua infelicidade se infiltrava pela parede, como a umidade na estação das chuvas. Era impossível não sentir seu cheiro, não prová-la. Tive muita pena daquela criança que eu nunca tinha visto e que talvez não fosse tão monstruosa quanto eu imaginava. Resolvi fazer um esforço e escutá-lo.

II

Certa noite, minha mãe me ligou convidando-me para passar o fim de semana fora da cidade. Sua amiga Ximena tinha lhe emprestado uma casa numa cidadezinha arborizada às margens de um lago. Mamãe estava ficando com a visão fraca nos últimos anos, e não me pareceu prudente que dirigisse sozinha na estrada como pretendia fazer se eu não a acompanhasse. Além disso, fazia muito tempo que não viajávamos juntas. Aceitei pensando que sair da cidade me ajudaria a avançar na redação de minha tese. Eu não estava errada. A casa à qual chegamos depois de dirigir por duas horas e meia tinha uma linda vista para a mata e era cercada pelo mais delicioso silêncio. Passamos o primeiro dia mergulhadas nos livros que havíamos levado, com pequenas pausas para comer ou dormir na rede. À noite, a temperatura caiu drasticamente, e isso nos deu uma desculpa para acender a lareira. Tínhamos preparado um macarrão com sardinha e pinhão e bebido uma garrafa inteira de vinho, o que nos deixou de bom humor. A lareira era o cenário perfeito para continuar a conversa que tínhamos começado à mesa. Minha mãe e eu nos aninhamos nos sofás e continuamos falando sobre tudo e nada. Notícias do meu irmão mescladas ao resumo de *Solenoide*, o romance romeno que ela estava lendo. Em algum momento, a conversa recaiu em Alina. Disse-lhe que ela ia ter um filho e que, apesar de toda a minha relutância em relação à maternidade, estava feliz por ela.

— Você deve ficar mesmo — ela assegurou. — Uma criança é o melhor presente que a vida pode lhe dar.

Ao ouvi-la, não pude deixar de pensar em minha vizinha.

— Você está falando sério? — perguntei.

— Muito sério. Se não fosse assim, olhe para nós. Não é maravilhoso para uma mulher da minha idade poder passar um fim de semana com uma garota como você? Um filho torna sua vida feliz, te enche de amor incondicional e faz de você uma pessoa melhor.

Já tinha ouvido essas palavras dezenas de vezes dos lábios de minha mãe e de outras mulheres submetidas aos prejulgamentos do patriarcado. O que ela estava dizendo me soava como uma série de lugares-comuns, mas dessa vez eu não disse nada. Não tinha viajado para discutir com ela.

— E você, Laura? — ela me perguntou com uma expressão séria e ao mesmo tempo desinibida pelo vinho. — Quando você vai ter um filho?

Como de costume, não perguntou *"Por acaso você pensa em ter um filho?"*. E sim: *"Quando você vai ter um filho?"*. Demorei alguns minutos antes de decidir o que responder a ela. Depois, um pouco por sadismo e outro tanto para encerrar o assunto de uma vez por todas, contei-lhe que tinha feito uma laqueadura.

— Então — terminei —, acho que a resposta é *nunca*.

Nós duas permanecemos em silêncio. Deixamos o fogo agonizar na lareira, enquanto o canto sarcástico das cigarras se ouvia pela janela. Mamãe me olhava com rancor. Percebi que ela estava se contendo para não me recriminar. Tentamos mudar de assunto algumas vezes, mas era óbvio que ainda estávamos pensando na mesma coisa. Finalmente desejamos boa noite uma à outra e cada uma foi para seu quarto.

No domingo, minha mãe levantou-se antes de mim e, sem me avisar, foi ao mercado fazer compras. Quando acordei, encontrei um farto desjejum que incluía frutas, ovos à mexicana, café e suco de laranja. Sempre notei que ela fica feliz em me ver comer com vontade, como se mesmo na minha idade tivesse medo de que eu parasse de crescer. Enquanto tomávamos o café da manhã, ela tocou no assunto dos filhos novamente.

— Quando você nasceu, seu pai tinha dois empregos e eu estava desesperada. Minha família estava longe e não havia quem pudesse me ajudar durante o dia. À noite, ele ficava encarregado de fazê-la dormir e quase sempre adormecia em seu quarto antes de você. Ninguém me explicou como ser mãe nem me alertou sobre o grau de cansaço e desamparo que se sente.

Ao ouvi-la, lembrei-me de uma cena de minha infância em que minha mãe tentava nos fazer dormir lendo uma história para nós. Meu irmão e eu tínhamos acendido nossos respectivos abajures, e ela, como de costume, sentara-se entre as duas camas. Ela parecia exausta. A luz fraca destacava suas olheiras, o tipo de cansaço resultante de enfrentar problemas e reprimir emoções. Com cinco anos, vê-la assim me deixou com raiva. Naquela noite, sem a menor compaixão, eu lhe disse que a achava boba. Ela disse sem hesitar: "Você tem razão. Quando dei à luz vocês dois, meus neurônios derreteram". Nunca soube se ela estava brincando ou falando sério.

— ... um cansaço sem fim — continuou ela na sala de jantar daquela casa emprestada. — Ninguém te conta isso quando fala sobre maternidade. É um daqueles segredos que asseguram a continuidade da espécie. Entendo que você tenha decidido não ter filhos — disse ela sorrindo —, mas que tal um namorado? É importante ter alguém para amar, alguém para cuidar. Isso nos torna menos egocêntricos.

— É para isso que eu tenho você — disse a ela. — Não preciso de mais ninguém.

Naquela tarde, quando voltamos, ficamos presas no engarrafamento que se forma aos domingos na rodovia na entrada da cidade. Enquanto eu dirigia, minha mãe punha músicas no

CD-player. Cantamos com Ella Fitzgerald e Julie London, com John Lennon e com Sylvie Vartan até nossa voz se esgotar.

Quando voltei para casa, o chão de minha varanda era um enorme banheiro para pombas. Aproximei-me das vigas e vi, indignada, que haviam terminado seu ninho. Elas não estavam lá no momento. Puxei a cadeira para mais perto e subi, como tinha feito antes, para destruí-lo. Então me dei conta: no meio daquele círculo macio e perfeito agora havia dois ovos quase idênticos, mas um deles era um pouco maior que o outro e de uma tonalidade ligeiramente azulada. Não tive coragem de destruí-los. Desci da cadeira e fui dormir prometendo a mim mesma que resolveria o problema pela manhã. Pensei em adotar um gato para que as afugentasse, mas isso também não aconteceu. Fui adiando o momento por vários dias, como fazemos com aquelas coisas que no fundo não queremos realizar e gostaríamos que os outros se encarregassem de resolvê-las. Claro que o cocô continuava aparecendo, mas limpá-lo parou de parecer tão complicado. Optei por colocar jornal debaixo do ninho e trocá-lo duas vezes por dia. Foi assim que acabei me acostumando com as pombas, com sua pestilência e seu arrulhar permanente.

12

Quase não vi Alina entre a vigésima segunda e a vigésima sexta semana de gravidez. A galeria ocupava boa parte de seu tempo. Os momentos que ela tinha livres eram passados nadando, na terapia ou com seu companheiro. Nos comunicávamos por meio de mensagens no celular. Para mim, bastava saber que ela estava saudável e feliz e que Inés crescia como se esperava. Eu havia começado a escrever a última parte de minha tese e não tinha muito tempo para socializar. Passava a maior parte do dia trancada no escritório ou escrevendo na varanda, embalada pelo arrulhar das pombas, que, como eu, dificilmente saíam de casa a não ser para buscar comida. Era muito difícil conseguir ver aqueles ovos que ambas chocavam com tanta dedicação. Para isso, era preciso esperar a mudança de turno ou que os dois pássaros estivessem comendo migalhas no chão da varanda. Então, eu me levantava da cadeira e me aproximava furtivamente da viga para ver o quanto haviam crescido.

Numa segunda-feira à tarde, enquanto escrevia um e-mail para meu orientador de tese detalhando os progressos da última semana, recebi uma mensagem no celular. "Você pode falar?", Alina me perguntava. "Preciso te contar uma coisa." Estávamos no final do sétimo mês. Inés já estava formada e não havia nada de objetivo que a fizesse se preocupar, mas senti que algo não ia bem. Então, em vez de responder, liguei para ela.

— Aconteceu alguma coisa? — perguntei.

— Sim, mas é longo. Preciso que você preste atenção. Você tem tempo agora?

Seu tom de voz era urgente.

Se eu estivesse dirigindo, teria parado no meio da rua para ouvi-la. Felizmente eu estava em casa. Fui até a varanda e me sentei numa cadeira para conversar. Ela explicou que naquela tarde tinham feito um terceiro ultrassom, e a médica uruguaia os aconselhara a fazer uma ressonância magnética.

— O cérebro da Inés não cresceu nada nos últimos dois meses. A dra. Bianchi está preocupada.

— Merda, merda, merda! — me lembro de ter exclamado. Então mordi os lábios para me calar. Tinha que manter a calma se quisesse ajudá-la.

— O que o ginecologista te disse?

— Emilio acha que é um procedimento radical demais e que pode atrapalhar o desenvolvimento dela, mas a médica está insistindo muito. Diz que nesse caso é absolutamente necessário. Não sei o que fazer. Segundo ele, se houver mesmo um problema de calcificação do crânio ou coisa parecida, há maneiras de solucioná-lo quando ela nascer.

— Mas do que exatamente a médica tem medo? Ela te disse algo concreto? — perguntei-lhe.

— O ultrassom não mostra bem os detalhes do cérebro. Dá para ver apenas uma massa branca e uma massa cinza, mas as circunvoluções não aparecem no córtex. A médica teme que elas não estejam lá. É por isso que insiste tanto em fazer a ressonância magnética. Antes disso, ela prefere não emitir nenhum diagnóstico.

Eu a aconselhei a confiar em seu ginecologista.

— Eu sei que é difícil, mas deixe que Emilio decida por você. Ele tem muita experiência.

Antes de desligar, fiz com que ela prometesse que tomaria um chá de tília bem forte e tentaria relaxar. Combinamos tomar café da manhã juntas naquela semana.

Algumas horas depois, o telefone tocou novamente com outra mensagem de Alina. "Emilio acabou de fazer o pedido da ressonância magnética. Amanhã às oito horas. Eu te aviso quando ficar pronta."

Tentei ligar de volta para ela, mas seu telefone estava desligado, e assim continuou no dia seguinte. Na quarta-feira, tentei entrar em contato com Aurelio, mas também não responderam. Era impossível saber o que estava acontecendo com eles.

Quando finalmente conseguimos nos falar, a voz de Alina me deixou mais assustada do que eu já estava. Ela não quis me dizer o que estava acontecendo. Implorei para que nos encontrássemos, mesmo que por dez minutos, no café que havia no térreo de sua casa.

Cheguei meia hora antes do encontro e sentei-me a uma mesa nos fundos. Lá, segurando minha xícara, esperei minutos intermináveis. Quando ela enfim apareceu, meus olhos instintivamente procuraram sua barriga e eu soltei o ar quando percebi que ela ainda estava lá. Alina parecia desanimada. Era evidente que não tinha vontade de falar, mas se esforçou para me contar o que havia acontecido.

Eles tinham ido ao hospital na terça-feira de manhã. Devido ao seu estado, era impossível anestesiá-la. Ela teve que suportar o procedimento sem poder tomar nem mesmo um mísero sedativo.

— Eu estava morrendo de nervoso — ela me disse. — Você sabe que sou claustrofóbica e me disseram que o exame podia durar entre quarenta minutos e uma hora, dependendo de quanto Inés e eu nos mexêssemos. Me falaram: "Você pode ficar com os olhos abertos ou fechados. Quando você decidir, fique assim o tempo todo". Mas Inés estava muito agitada, e eu comecei a ficar ansiosa. Se ela continuasse se mexendo tanto, o exame iria demorar ainda mais. De repente, senti minha barriga muito dura, cada vez mais tensa, e pensei: "Vou explodir aqui dentro". Tinham me aconselhado a apertar uma campainha ao lado da minha mão esquerda se tivesse algum problema, e foi isso que fiz. Então ouvi uma voz dentro da cabine.

"Você está bem?"

"Não."

"O que você está sentindo?"

"Eu disse a eles: minha barriga está doendo. Sinto que vai rasgar.

"Respire", disse a voz. "Fique calma, está tudo bem. Abra os olhos, se quiser."

"Pararam o exame, levantaram a tampa da cabine sem me tirar completamente de lá. Me pegaram pela mão e me perguntaram se eu queria continuar com a ressonância magnética. Concordei em continuar, mas não aguentei mais nem por dez minutos. Estava suando e não conseguia respirar. Meu coração disparou. Toquei sem parar. 'Tirem-me daqui!', gritei. 'Não aguento mais.'

"Sugeriram que esperássemos uma ou duas horas para que eu me acalmasse e tentássemos de novo, mas respondi que não. Assim que vi Aurelio, comecei a chorar. Eu me sentia culpada. Não tinha sido capaz de me controlar para saber o que estava acontecendo com minha filha. Falamos com a dra. Bianchi e contamos a ela o que havia acontecido. Ela prometeu pegar as imagens para ver o que poderia ser recuperado. Mas até agora ela não nos ligou. Talvez não tenha encontrado nada que valha a pena."

Enquanto ela falava, tentei encontrar seus olhos algumas vezes, porém ela não me permitiu. Seu olhar parecia se concentrar num ponto na parede atrás de mim. Alina sempre foi uma garota muito austera, como costumam ser os montanheses. É um aspecto de seu caráter que no geral gosto muito, mas dessa vez seu afastamento era diferente. Parecia separada por uma barreira invisível ou, melhor dizendo, perdida em outra dimensão. E, embora eu quisesse com todas as minhas forças, era impossível para mim fazer contato com ela. Quando terminei meu café, ela se levantou da mesa e disse que, se não fosse embora imediatamente, chegaria atrasada ao trabalho. Então percebi que ela não havia pedido nada.

13

No dia seguinte, quando voltei do mercado, encontrei uma criança na entrada do prédio. Olhava fixamente para mim. Talvez as duas mechas grisalhas que cercam meu rosto tenham chamado sua atenção. Tinha olhos castanhos, muito grandes e rodeados por cílios espessos. Seus cabelos lisos, da mesma cor, lhe caíam sobre a testa como uma cortina fina da qual sobressaíam suas orelhas. Era a primeira vez que eu o via e supus que fosse o filho de minha vizinha. Cumprimentei-o com um tom falsamente casual.

— Oi — ele me respondeu, tímido.

Mesmo sabendo seu nome — a única coisa que sua mãe conseguia balbuciar durante seus acessos de raiva —, perguntei-lhe para quebrar o gelo.

— Nicolás — respondeu. Achei simpático que ele não tenha usado o diminutivo.

— Eu sou a Laura. Você está vindo da escola?

— Sim, e você?

— Estava dando uma volta no quarteirão. Às vezes, fico cansada de trabalhar no meu apartamento — respondi.

— Você acha chato?

— Fico um pouco angustiada. Nos últimos tempos, tenho tido dificuldade em escrever.

— Comigo acontece a mesma coisa. Fico desesperado porque não saio de casa.

— Sua mãe deve estar muito ocupada.

Não respondeu. Cravou os olhos no chão e os deixou lá. Mais do que um ser furioso, achei-o vulnerável. Lembrei-me da noite em que o ouvira chorar pela parede de meu quarto e senti pena dele.

Ficamos em silêncio por um par de minutos eternos esperando o elevador. E então, sem pensar, propus abruptamente:

— E se formos ao parque hoje à tarde?

O filho de minha vizinha arregalou os olhos como dois *frisbees*.

— Acho que não vou ter permissão. Minha mãe não gosta que eu saia.

— Pergunte a ela — sugeri. — Talvez, se eu pedir...

Quando saí do elevador, já tinha me arrependido da proposta. Estendi a mão para ele como faria com um adulto e tive a impressão de que ele gostou do gesto.

— Até logo — eu disse. — Foi um prazer te conhecer.

Assim que entrei em meu apartamento, comecei a guardar as compras no armário e na geladeira. Antes de terminar, o menino já estava insultando a mãe do outro lado da parede. Era difícil pensar que se tratava do mesmo garoto que conversara comigo no corredor. Disse a mim mesma que talvez meu convite tivesse desencadeado essa nova crise. Eu o imaginei entrando em sua casa, animado com a ideia de sair à tarde, e sua mãe não lhe dando permissão. Na verdade, ela estava certa. A mulher mal me conhecia. Embora fôssemos vizinhas de porta, nunca tínhamos nos falado por mais de dois minutos. Além disso, hoje em dia os jornais estão repletos de notícias horríveis sobre sequestros e desaparecimentos. Os postes nas ruas exibem fotos e informações de pessoas que saíram de casa uma tarde e nunca mais voltaram. Como eu achava que ela deixaria seu filho comigo? Senti-me culpada por deixar o menino animado com um projeto que estava fadado ao fracasso desde o início. Apurei o ouvido para descobrir se minha hipótese era verdadeira e imediatamente a constatei.

— Maldita bruxa! — ouvi Nicolás gritar. — Você me mantém trancado nesse calabouço.

— Acalme-se, Nico! — a pobre mulher repetiu várias vezes sem sucesso.

Enfiei as chaves no bolso e saí de casa para bater na porta deles.

Toquei uma vez e imediatamente se produziu um silêncio. Esperei que eles abrissem, mas nem perguntaram quem era. Talvez a mulher tenha espiado pelo olho mágico e me visto. Alguns minutos depois, Nicolás voltou aos insultos de antes e sua mãe, aos apelos de sempre. Toquei mais uma vez sem resposta e depois voltei a tocar. Da terceira vez, minha vizinha abriu a porta, enquanto nos fundos do apartamento a voz do filho continuava seu vitupério. A mulher não me convidou a entrar, mas não opôs resistência quando forcei as coisas e entrei no vestíbulo. Ela me olhava atônita e um pouco assustada, como se tivesse chegado um policial, em vez de sua vizinha.

— Boa tarde. O Nicolás está? — perguntei, fingindo que não tinha ouvido nada.

Assim que ouviu minha voz, o menino ficou em silêncio.

14

Na tarde de sexta-feira, o ginecologista ligou para Aurelio e pediu que fossem ao seu consultório no primeiro horário da manhã de segunda-feira. Naquele domingo, eles jantaram em minha casa. Fiz um curry tailandês com leite de coco e abri um vinho sem álcool para Alina. Embora a atmosfera estivesse tensa, todos nós nos esforçamos para relaxar. Disseram-me que tinham decidido não pensar no assunto até falarem com o médico e ter informações mais exatas. Antes de ir para a mesa, fomos até a varanda. Alina tinha me pedido para mostrar a ela as pombas de que eu sempre me queixava. Elas estavam lá, arrulhando tão alto que, apesar da música, era impossível não ouvi-las.

— É assim que você e eu estamos, Alina — Aurelio exclamou. — Chocando nosso ovo contra ventos e marés.

Nós duas rimos de sua comparação.

Na segunda-feira de manhã, chegaram cedo ao consultório, antes mesmo do médico. Eles o viram chegar andando depressa pelo corredor, bem-arrumado, o cabelo ainda úmido, sussurrando palavras ininteligíveis como quem memoriza um discurso. Alina o provocou afetuosamente.

— Você é dos meus. Eu também costumo falar sozinha.

O ginecologista deu-lhe um sorriso tenso e os levou ao consultório.

— Te contaram o que aconteceu? — ela perguntou.

— Sim. Você teve um ataque de pânico durante a ressonância. Acontece com muita gente. Felizmente, a dra. Bianchi recuperou as imagens e as enviou para mim.

— O que ela te disse?

— Alina, nós nos conhecemos há muitos anos. Você sabe que eu gosto de vocês. Especialmente de você. Por isso é tão difícil para mim dar esta notícia: seu bebê não vai sobreviver. Prefiro ser muito claro e não te dar falsas esperanças.

Alina virou-se para Aurelio e viu que ele estava completamente lívido.

— Seu cérebro não se desenvolveu — continuou o médico. — Está bem abaixo da faixa de crescimento. As circunvoluções não se formaram, como a médica temia. Já deviam estar lá.

Dessa vez, Alina protestou:

— Mas Inés está viva, bem viva. Agora mesmo eu sinto como ela se mexe dentro de mim.

— Você é que a mantém assim, mas o cérebro dela não é capaz de garantir sua autonomia. Ela morrerá quando separarmos vocês duas.

Aurelio chorava em silêncio. Não tinha dito uma única palavra desde sua chegada ao consultório. Por seu rosto, agora de um vermelho muito vivo, escorriam lágrimas espessas.

Alina olhou pela janela. No jardim do hospital, o sol brilhava intensamente. Um homem cortava a grama com um gesto distraído, como se ele próprio tivesse se fundido com a máquina que suas mãos empurravam. Ela se incomodou com o barulho do cortador de grama que a impedia de ouvir as palavras do médico com clareza, aquelas palavras que ela precisava absorver e assimilar em toda a sua profundidade para ver se assim deixavam de lhe soar falsas, como saídas de uma piada de mau gosto, e talvez um dia começar a acreditar nelas.

— Mas o que houve? O que eu fiz de errado? — ela perguntou, agora à beira do colapso.

— Muito provavelmente é um problema genético. Quando ela nascer, podemos saber com certeza. Vamos colher amostras de sangue e mandar para a geneticista.

Aurelio finalmente ergueu os olhos e interveio na conversa.

— Temos que pedir outras opiniões — disse ele à esposa. E então ao médico: — Você já consultou um especialista?

O ginecologista assentiu com a cabeça.

Alina garante que em nenhum momento da consulta o médico propôs que interrompessem a gravidez. A lei proíbe fazê-lo depois dos quatro meses, mas sabe-se que em casos como este alguns médicos concordam em fazer um aborto. Ao contrário, Emilio Barragán disse-lhes que chegar a termo garantiria a possibilidade de uma futura gravidez.

— Conhecendo vocês, sei que vão querer ir até o fim, e é melhor se quiserem ter outro bebê.

— Mas e se Inés viver? — ela perguntou. — E se nascer e não morrer?

— Isso é impossível. Seus sistemas motor e cognitivo não são aptos para isso. Ela não terá pensamentos nem mobilidade. Não conseguirá nem respirar sozinha. Entendam, é como se ela não tivesse cérebro. Na verdade, não tem. Sem cérebro, ninguém pode viver.

— Mas e se ela vivesse? — Alina insistiu, talvez tentando se agarrar à última esperança, à possibilidade de um milagre, ou talvez com medo disso. — Seria um peso morto, sem emoções, sem inteligência?

— Se vivesse, seria assim — disse o médico.

— E o que eu posso fazer agora? — perguntou ela. — Tomar mais ômega? Me alimentar bem? Ficar na cama para que ela possa crescer sem impedimentos?

— Mantenha sua vida normal. A verdade é que nem você nem eu podemos fazer nada a essa altura. Ninguém pode.

O telefone tocou na recepção do consultório. A paciente das dez tinha chegado. Antes de se despedir deles, Barragán escreveu no receituário os nomes de um neurologista e de uma neonatologista. Sugeriu-lhes que ligassem assim que possível.

15

Ao sair do hospital, pegaram um táxi até o consultório da dra. Bianchi, que naquele momento se preparava para ir a um congresso. Dessa vez não havia pacientes a serem atendidos. Ela os recebeu em sua sala, onde duas malas a esperavam. O computador estava desligado. Ela os convidou a se sentarem num sofá, e foi lá que eles ouviram pela primeira vez um diagnóstico mais preciso.

— O que se vê na ressonância parece uma microlisencefalia — disse-lhes. — São duas malformações que nesse caso estão juntas. O cérebro não se desenvolveu. Por um lado, é extremamente pequeno e, por outro, é liso. O tronco cerebral é muito curto e isso é terrível, porque é ali, na base do crânio, que todas as conexões neurais são formadas.

Vendo os resultados impressos, Alina protestou:

— Eu não sou médica, de forma alguma, mas trabalho com imagens digitais e estas aqui parecem completamente pixeladas. Como você pode saber com certeza o que está dizendo?

A médica estendeu o braço sobre a mesa e pegou a mão de Alina.

— Acredite em mim, se eu não tivesse certeza desse diagnóstico, nunca me atreveria a dizê-lo a você.

O sol já havia pousado na janela daquela torre e iluminava a maca branca onde Alina vira sua bebê pela primeira vez. Esse aparelho avançado lhe permitira ouvir seu coração, ver seus traços e os detalhes de seu corpo. Ela se lembrou da alegria que sentira naquela tarde ao ver seu rostinho já formado, e se perguntou se não teria sido melhor não saber de nada, esperar sonhando durante os nove meses e descobrir a verdade no dia de seu nascimento. Lá fora, a favela miserável se estendia até aquele bairro que reflete melhor do que qualquer outro a desigualdade da Cidade do México. Ela pensou na palavra "miséria" e disse a si mesma que não só servia para descrever a pobreza, mas também os estados de maior vulnerabilidade em que o ser humano pode cair. Ao saírem de lá, Alina e Aurelio ficaram em silêncio. Era tanta informação para assimilar, e tão grave, que era impossível conversar. Aurelio pediu outro táxi, dessa vez para o segundo trecho do bosque de Chapultepec, perto do lago, e os dois caminharam até o restaurante onde tinham jantado juntos pela primeira vez. Não há nada como observar um lago para acalmar os pensamentos. Ficaram várias horas ali, diante de suas duas limonadas, que permaneceram intactas, pois enquanto se chora daquele jeito é impossível beber ou fazer outra coisa. Uma semana atrás tinham visto Inés no ultrassom, observaram-na mexer as mãozinhas e os dedos, tão frágeis que pareciam de cera. Agora lhes diziam que ela iria morrer. Não que estava morta, mas que *iria morrer*. Teriam de esperar um mês e meio para isso. Esperar um mês e meio para que ela nascesse e depois, quase de imediato, perdê-la para sempre.

16

O apartamento de meus vizinhos era ainda mais decrépito do que eu supunha. Os móveis da sala pareciam surrados e desconjuntados. Um dos sofás estava coberto com um pano de poliéster sujo. Algumas fotos de família penduradas nas paredes. Nelas, Nicolás aparecia sorrindo entre a mãe e um homem, que, a julgar pela semelhança, devia ser seu pai.

Minha vizinha se deixou cair no sofá e, embora não tenha me convidado, sentei-me ao lado dela.

— Você se importa se eu fumar? — perguntei.

— Prefiro que você vá para a varanda. Não gosto de contaminar o Nico.

Apesar do tom brusco com que ela me disse isso, gostei que protegesse o filho. Guardei o maço no bolso da calça e, enquanto olhava para o chão cheio de manchas, tentei explicar por que estava ali.

— Sei que não nos conhecemos, mas muitas vezes os escuto da minha casa. As paredes deste prédio não são tão grossas quanto parecem. Nicolás reclama todos os dias que você não o deixa sair. Deve ser muito difícil ser mãe solteira, e eu entendo que você não tenha tempo para passear com ele... — enquanto eu dizia tudo isso, percebi que o rosto da minha vizinha estava se crispando e pensei que talvez meu discurso tivesse tomado o caminho errado. — Não me leve a mal, mas acho que vocês deviam dar um passeio de vez em quando. Se você me der permissão, posso levá-lo ao parque um dia desses. É estranho, geralmente não gosto de crianças. Elas me irritam. Mas por algum motivo, que ainda não entendo, eu gosto do seu filho.

A mulher apertou os olhos como se sentisse uma pontada repentina em algum órgão do corpo. Quando finalmente os abriu, me ofereceu um café.

Fiquei naquela sala por cerca de uma hora, tomando um cafezinho aguado e alguns biscoitos de chocolate que mal experimentei. Por sorte, Nicolás acabou rápido com eles, sem querer me poupando do constrangimento de rejeitá-los. Enquanto o observava entrar e sair de seu quarto para a sala em busca de mantimentos, disse-lhe mentalmente: "Prometo que não sairei daqui até convencê-la".

A vizinha se chamava Doris. Ela me contou que as crises do filho tinham começado havia dois anos e onze meses, depois de um acidente de carro em que seu pai havia morrido.

— Muita coisa mudou desde então, sabe? Além da dor da perda, tenho medo de tudo. É como se nosso mundo tivesse entrado em colapso. É por isso que nos mudamos para cá. Sinto-me mais segura num prédio do que sozinha numa casa. A cidade está cheia de gente perigosa. É verdade que quase nunca saímos, mas acho melhor não me forçar a isso. Acho que um dia vou me sentir melhor. Não sei.

Serviu-se de mais uma xícara daquele líquido insípido e pegou uns biscoitos tão velhos quanto os anteriores, que o menino devorou com igual entusiasmo. Quando terminaram, ele parou de gravitar à nossa volta, ligou a TV e se acomodou no sofá à sua frente. Levantei-me da mesa e me despedi de ambos com um beijo, adiando minha promessa.

17

No turbilhão de consultas, exames e más notícias, Alina tinha deixado de ir à terapia duas vezes seguidas. Naquela tarde, ela finalmente ligou para sua psicanalista para explicar o que estava acontecendo. Rosa tinha um filho neurologista e Alina sabia disso. A psicanalista sugeriu que ela lhe enviasse as imagens.

Poucos minutos depois, o filho da terapeuta ligou para eles no celular. Aurelio falou com ele e contou tudo o que lhes fora explicado. Então passou o fone a Alina.

— Minha mãe gosta muito de você — disse ele —, vou fazer o que puder para ajudá-los. Não pense que esse é o fim. O dr. Barragán se precipitou em dizer que seu bebê está desenganado. Essas imagens não são boas. Ninguém pode fazer um diagnóstico a partir delas, muito menos lhe assegurar que o bebê vai morrer. Vocês devem pesar bem as coisas. Só vocês podem decidir se chegarão ao fim da gravidez.

Alina me contou tudo isso por telefone. Ela já não tinha mais disposição para cafés no meio da manhã. Precisava agir, mesmo que não soubesse muito bem como. Oscilava entre consultar todos os especialistas da cidade e permanecer em repouso enquanto fazia pesquisas intermináveis na internet pelo computador de sua casa. Se havia pouca informação a respeito de microcefalia e lisencefalia, os artigos que falavam sobre as duas juntas eram extremamente escassos. As fotos que viu no Google mostravam cadáveres de bebês com cabeças deformadas, e Alina olhava para elas sem parar, tentando se acostumar com a ideia. Entre os dados que encontrou, leu que uma em cada cem mil crianças nasce com esse transtorno. "Seria mais fácil ganhar na loteria", comentou Aurelio ao ouvir esses números, e tinha razão. Agora, quando se lembra dessa época, Alina diz que naqueles dias permaneceu numa espécie de limbo, um espaço onde a atmosfera era composta de outros gases que não os da Terra, e era exatamente o que me parecia quando eu conseguia vê-la. Gostaria muito de poder alcançá-la ali, de ficar com ela naquele lugar distante, que eu imaginava escuro e úmido como a pior das masmorras, mas naquele espaço rarefeito só havia lugar para duas pessoas.

18

Nenhuma mãe sabe quanto tempo seus filhos viverão. Existe até uma expressão segundo a qual eles só são emprestados, e o tempo desse empréstimo pode durar de algumas horas a várias décadas. No caso de Inés, seria extremamente curto. Num mesmo dia Alina e Aurelio receberiam a filha e seriam privados dela. O médico tinha dito isto com todas as letras: a menina morreria ao nascer. Nenhum dos dois jamais havia tido filho e, a julgar pelo trabalho que eles tiveram em conceber, muito provavelmente nunca mais teriam. Por mais curta que fosse, a vida de Inés constituiria toda a sua experiência de ser pais, uma experiência com a qual ambos sonhavam e pela qual haviam se submetido a tantos tratamentos.

A preparação para o parto exigia cumprir os trâmites do convênio, reservar o centro cirúrgico e o quarto do hospital, marcar consulta com todos os especialistas envolvidos, escolher um neonatologista, e não qualquer um, mas aquele à altura das circunstâncias. Emilio lhes recomendara a dra. Victoria Mireles, e embora nem Aurelio nem Alina tivessem a menor vontade de explicar de novo a situação, o tempo passava rápido, e mais cedo ou mais tarde teriam de se encontrar com ela. Assim como o da dra. Bianchi, o consultório da neonatologista ficava no hospital ABC de Santa Fe, só que no quinto andar. Como a maioria dos médicos que haviam consultado até então, ela se declarou incapaz de ler as imagens da ressonância magnética e afirmou não ter certeza sobre o estado de Inés, nem agora nem depois de seu nascimento.

— Se os sinais vitais dela não estiverem bons — disse a eles —, prometo que faremos tudo o que pudermos para aliviar a carga para vocês duas. Cuidaremos para que nenhuma de vocês sofra dores físicas, as morais já são o suficiente. Também não forçaremos a bebê a viver. Faremos o possível para garantir que ela tenha uma vida e uma morte dignas e, enquanto estiver aqui, vamos mantê-la sedada com as doses mínimas para evitar sobressaltos. Vamos ajudá-la a ir embora sem sofrimento, enquanto você se recupera da anestesia. Se você não quiser, não precisa vê-la. Você vai acordar quando tudo já tiver acabado. Será como acordar de um pesadelo. Claro, primeiro você deve pedir a alguém da sua família que seja o responsável pelos trâmites da certidão de óbito e outros assuntos funerários. Vocês já pensaram se vão cremá-la ou enterrá-la?

Por mais estranho que pareça, Aurelio não tinha nenhuma autorização legal para fazer esses arranjos. Se a menina não fosse registrada (e assim era, pois ela nem havia nascido), só a família de Alina tinha o direito de se ocupar dela. Quando me contaram isso, fiquei pasma. Disse a mim mesma que tanto o sobrenome quanto o pátrio poder são deferências para com os homens assim que reconhecem seus filhos, quase como um dote. A verdade é que em nossa sociedade os filhos são atribuídos aos pais por opção e às mães, por obrigação.

Para a surpresa da dra. Mireles, Alina se opôs veementemente a seu plano indolor.

— Não vou aceitar que me deixem sedada — alertou. — Quero conhecê-la, ver seu rosto e estar com ela o máximo que eu puder.

A médica prometeu que tudo seria feito de acordo com sua vontade. Se era isso que ela queria, iria pôr a bebê no seu peito assim que nascesse.

Ela propôs alojá-los na Unidade de Terapia Intensiva, num quarto especial reservado a recém-nascidos com doenças infecciosas, para que ficassem longe do rebuliço que costuma se formar nos corredores da unidade de ginecologia e obstetrícia, cheios de balões, flores e desenhos de cegonhas.

— Os avós e as pessoas muito próximas que quiserem se despedir do seu bebê poderão entrar nesse quarto especial.

Dirigia-se principalmente a Alina, talvez porque fosse mulher e se identificasse com ela, ou talvez porque todos os procedimentos seriam realizados no corpo dela.

Alina se lembra dela como uma pessoa muito gentil, "a médica mais humana que já conheci". A única em todas aquelas semanas que se permitiu abraçá-la para mostrar sua empatia.

— Tenho dois filhos — explicou. — Não consigo imaginar como é estar no seu lugar. Já vi muitas coisas, mas, para ser sincera, pessoalmente nunca tive que sofrer nada parecido com isso. Sugiro que você procure o apoio de um tanatólogo a partir de agora. Isso a ajudará a enfrentar o luto. Se tiver alguma dúvida, me ligue a qualquer momento.

Assim que soube da situação, a irmã de Alina pegou um ônibus em Guanajuato e veio até a cidade para ficar perto dela. Os trâmites do óbito só podiam ser realizados por um familiar da mãe, e ela se ofereceu para fazê-lo. Alina concordou, mas, assim que a viu chegar, mudou de ideia. Queria ela mesma se encarregar de tudo que dizia respeito à filha. Se ia dá-la à luz, também podia enterrá-la. Não estava disposta a compartilhar nem uma parte de sua breve existência. Havia poucas coisas que ela poderia fazer por Inés, e não queria delegá-las.

Uma tarde, enquanto trabalhava na galeria, pegou o telefone e ligou para a agência funerária de maior prestígio da cidade. Explicou seu caso. Eles lhe ofereceram diversos pacotes e lhe passaram os preços. Ela pegou o cartão de crédito e imediatamente reservou um serviço na sala menor. Também pagou por uma urna no Panteón Francés e o traslado até o cemitério.

Eles se ofereceram para visitá-la, mas ela se recusou, mais por falta de tempo do que por superstição.

Alina não voltou a sair da concha. Às vezes ela atendia minhas ligações, mas, quando eu conseguia falar com ela, era óbvio que ainda estava em choque. Agora ela diz que se lembra daqueles dias como se estivesse drogada ou num sono bem profundo. Esqueceu-se muito rápido de alguns detalhes. Também diz que as sete semanas decorridas entre o anúncio do diagnóstico e o nascimento de Inés foram as mais longas de sua vida. Muito mais longas do que os meses anteriores de gravidez. Existe uma palavra para designar aquele que perde o cônjuge e também uma palavra para os filhos que ficam sem os pais. No entanto, não há nenhuma para pais que perdem seus filhos. Ao contrário de outros séculos em que a mortalidade infantil era muito elevada, o natural em nossa época é que isso não aconteça. É algo tão temido, tão inaceitável, que decidimos não nomeá-lo.

19

Comecei a trabalhar fora de casa pela manhã. Assim que terminava o horário de pico, eu pegava o metrô para a Ciudadela, para continuar escrevendo minha tese na Biblioteca Nacional. Era mais fácil para mim concentrar-me lá do que em meu apartamento. Quando voltava, preparava uma boa salada ou uma massa, e comia sozinha na varanda observando o ir e vir das pombas.

Uma tarde, enquanto preparava uma omelete com rúcula e corações de alcachofra para o jantar, surpreendi-me ao ver que nenhum dos pássaros estava no ninho. Espiei para ver se os ovos ainda estavam lá e vi que restava apenas um. A situação me deixou tensa. Onde estavam as pombas? Seria possível que tivessem abandonado um e levado o outro? Terminei de comer e voltei à cozinha para recolher e lavar a louça. Tirei as roupas limpas da secadora e guardei no armário. Depois voltei para a varanda com o maço de cigarros nas mãos. Tinha anoitecido e a temperatura estava caindo rapidamente. Terminei de fumar e desci para o pátio interno em busca de alguma pista. Foi então que vi as manchas amarelas na calçada. A casca estava pulverizada, então você tinha que procurar bem ou pelo menos saber o que podia ser tudo aquilo para reconhecê-la.

Perguntei-me como era possível que ela tivesse caído. Talvez um movimento descuidado de uma dessas aves, que tanto se esforçara para chocá-la, havia acabado por derrubá-la. A vida cotidiana é cheia de casualidades e infortúnios que quase ninguém percebe. Voltei para casa e, enquanto fumava um cigarro atrás do outro, esperei que os pombos voltassem. O que aconteceria com o ovo restante se não o chocassem? Fui à cozinha buscar uma flanela vermelha que esperava pacientemente na gaveta sua vez de ser usada e coloquei-a no ninho, tentando aquecê-lo. Então me sentei para ler no sofá da sala.

Devia ser mais de meia-noite quando acordei. As duas pombas tinham voltado. Estavam no ninho arrulhando num volume que me parecia mais alto que o de antes. Sentiam falta do outro ovo? Vivenciavam seu desaparecimento como uma perda dolorosa? Ou era algo para o qual as pombas e outros animais estão preparados, enquanto os seres humanos simplesmente não conseguem tolerar? Lembrei-me de uma cadela que minha família adotou quando éramos crianças. Enquanto vivia conosco, teve filhotes em mais de uma ocasião. Numa delas, logo depois do parto, ela comeu dois dos filhotes. Devorou-os com os ossos e tudo, apesar de meus gritos e dos olhos esbugalhados de meu irmão, a quem o espetáculo tinha deixado sem palavras. Depois, nossa cadela lambeu o chão até que não houvesse nenhum vestígio de seus filhotes efêmeros. Humanos e animais são semelhantes em muitos aspectos, mais do que estamos dispostos a reconhecer, mas há outros em que nossa espécie não coincide. A forma de enfrentar a maternidade é uma delas. Por outro lado, eu me pergunto quantas mães devorariam seus filhos doentes, pura e simplesmente, se a lei não as impedisse.

20

Ontem, quando voltei da biblioteca, Doris e Nicolás bateram em minha porta para me convidar para ir ao parque. Ainda me emociono quando me lembro da cara de felicidade que o menino tinha assim que saímos do prédio. Dava pequenos saltos enquanto ia de mãos dadas com a mãe e comigo. Sugeri que déssemos uma volta até a Casa Morgana, a sorveteria do bairro à qual eles nunca haviam ido. Doris comprou um de manga e Nicolás, um de tutti-frutti, um sorvete fluorescente que ele devorou extasiado. Na verdade, eu queria fumar um cigarro, mas conhecia a política de minha vizinha quanto a isso, então pedi uma bola de chocolate amargo. Assim que chegamos ao parque, Nicolás soltou nossas mãos e correu para os brinquedos que havia no meio do jardim. Nada do outro mundo: três balanços, um trepa-trepa, um escorregador baixo; mas, para uma criança que nunca sai, exceto para ir à escola, devia ser um paraíso. Durante nossa infância, meu irmão e eu só tínhamos que avisar que íamos sair de casa e andar três quarteirões para chegar ao parque do bairro, um espaço verde, cheio de crianças soltas, onde o único perigo eram os brinquedos de metal com os cantos bem afiados. Agora, ao contrário, em volta de todos eles havia uma comitiva de pais atenciosos, que não tiravam os olhos de suas crianças em movimento.

— Você também saía sozinha quando era criança? — perguntei à minha vizinha, e ela assentiu com a cabeça.

— A cidade era muito tranquila naquela época. Não era como hoje. Imagine só, minha irmã e eu íamos sozinhas para o colégio à noite.

— Sua irmã também veio morar aqui?

— Não. Ela não quis se mudar. Sempre insiste para que a gente vá vê-la e, para ser sincera, eu adoraria, mas tenho medo das estradas.

A Cidade do México também não lhe inspirava confiança. Depois do acidente, ela tinha matriculado Nicolás numa escola de ensino fundamental localizada no quarteirão de nosso prédio, para que ele não precisasse atravessar a rua ao voltar para casa.

Seu trabalho como vendedora de produtos bancários por telefone permitia que ela não saísse de seu apartamento mais do que o estritamente necessário, para levar e pegar o filho na escola, por exemplo, para ir ao banco ou fazer compras. Entre uma ligação e outra, ela conseguia resolver as questões domésticas. As últimas ela fazia à noite, depois de pôr Nicolás na cama. Em seguida, descia para fumar e desanuviar a cabeça conversando com as irmãs no celular. Aquele momento na porta do prédio era o espaço de liberdade que ela permitia a si mesma todos os dias.

Enquanto conversávamos, uma jovem, na casa dos vinte anos, ou um pouco mais velha, veio até nós para entregar um panfleto. Normalmente, quando recebo algo na rua, jogo na lixeira mais próxima sem ler, mas dessa vez era um papel poroso impresso em risografia, tão antiquado que não pude deixar de ler o conteúdo com curiosidade. Era o anúncio de um grupo com nome sugestivo, A Colmeia, que se definia como "coletivo feminista". Dobrei o papel em dois e o enfiei no bolso da calça. Depois de uma hora, apesar dos berros indignados de Nicolás, que não queria sair do parque, voltamos para o edifício.

21

Um belo dia, Alina começou a desmontar o quarto de Inés. Preferia fazer isso agora, e não quando voltasse do hospital sem ela. Precisava deixar para trás os esforços e o amor que havia investido na decoração do espaço. Além disso, como no armário daquele quarto ela guardava as próprias roupas, era impossível não entrar todos os dias e ver ali o papel de parede com desenhos infantis, o trocador que seu sogro lhe dera quando soube que ia ser avô, um lindo móvel de madeira com colchonete branco porque naquela época ninguém sabia que ia ser menina; o berço com os lençóis nos quais ela nunca deitaria sua bebê e o móbile que tocava quando se chegava perto. Removeu os enfeites e os guardou em caixas de plástico. Tirou as roupinhas do armário, dobrou-as com cuidado e as acomodou dentro de três maletas. Guardar esses objetos era uma forma de se conformar com a realidade, e era exatamente disso que precisava: enfrentá-la, por mais difícil que fosse. Mais tarde, quando tudo tivesse passado (porque passaria, embora agora fosse impossível de acreditar), ela decidiria o que fazer com tantas coisas sem dono. Certamente as levaria para um orfanato ou as daria para a próxima de suas amigas que ficasse grávida.

Seguindo o conselho da dra. Mireles, Aurelio e Alina procuraram uma tanatóloga. Não podiam chegar ao dia do parto sem estarem preparados. Além disso, embora Inés ainda estivesse viva, o processo de luto havia começado, e era óbvio que eles não estavam conseguindo lidar com a situação de maneira adequada, se é que existe uma maneira de fazê-lo. O consultório dessa nova especialista ficava a duas quadras de minha casa, na rua Siena. Eles iam todas as quintas-feiras às seis da tarde. Alina me disse que passar aquelas duas horas por semana pensando no assunto a ajudava a não fazer isso o tempo todo. Não lhe parecia saudável chafurdar na dor, no vendaval de perguntas que a acossavam assim que se permitia a menor brecha: por que isso aconteceu? Foi má sorte? Foi culpa minha? Foram meus genes ou os de Aurelio? É a mistura dos dois? O que eu poderia ter feito melhor? Por que engravidei? Como vou contar aos meus pais?, entre muitas, muitas outras. Ela não podia se dar ao luxo. Pelo menos por enquanto, tinha de seguir em frente. Apesar dessa convicção, havia dias em que ela voltava do trabalho e desatava a chorar até adormecer. E tardes em que era Aurelio que, ao chegar em casa, abraçava a barriga da mulher tremendo e banhado em suor. Também havia dias em que Alina não suportava vê-lo. Seu cheiro era intolerável para ela, dava-lhe náuseas e vontade de sair correndo. Ouvi-lo abrir a porta a deixava louca. O que sentia, acima de tudo, era medo. Mas como fugir de algo que nos assusta quando o carregamos dentro de nós?

Embora soubessem que era importante se distrair, deixar de pensar obsessivamente no futuro e em sua má sorte, preferiam não ver mais ninguém. Era muito difícil explicar tudo repetidas vezes, observar o rosto atônito e angustiado de seus amigos, aquela careta contraída como se tivessem um gosto muito azedo na língua, e a seguir suas tentativas absurdas de confortá-los. Mas depois decidiram que era melhor anunciar desde já que a gravidez não iria levar até onde todos pensavam, para que não tivessem de lidar com isso mais tarde, quando Inés tivesse morrido e eles estivessem — aí sim — no fundo do poço. Alina descobriu que lhe fazia bem falar sobre isso. Contar muitas vezes não a ajudava a entender, pois era algo totalmente impossível de *entender*, mas a ajudava a terminar de acreditar, a supor que as coisas eram assim e que não havia nenhum jeito de remediá-las.

Uma tarde, no meio de uma sessão particularmente amarga e cheia de culpas, a tanatóloga lhes disse que, para conseguir respirar depois do parto, era importante que submergissem na experiência da perda.

— A raiva nada mais é do que um anteparo para evitar a dor. É muito difícil vivenciar um luto, mas é mais difícil assumi-lo prematuramente. Vocês já começaram o processo, não podem parar. Muita gente acredita que a perda de um filho nunca pode ser elaborada ou superada, como se continuar vivendo depois de uma coisa dessas fosse ilegítimo ou desonroso, mas, querem saber? Conheço muitas pessoas que conseguiram. Sei que está sendo muito duro, e será ainda mais difícil quando vocês virem sua filha nascer e morrer quase de imediato. Mas só se vocês passarem por todo esse sofrimento serão capazes de sair dele algum dia.

Quando eu estava na Tailândia, ouvi a história de uma mulher que invadiu o local onde Buda ensinava, levando nos braços o cadáver de seu filho. Entre gritos de angústia, ela implorou ao mestre que tivesse pena dela e o ressuscitasse. Sabendo que isso era impossível, Buda respondeu que, para poder ajudá-la, ele precisava de um ingrediente especial: um grão de mostarda de um lar ao qual a morte não havia chegado. Ele mandou a mulher em busca daquela semente, e ela ficou mais de um ano batendo na porta de todas as casas que encontrou, sem consegui-la. Durante todas essas visitas, tudo o que conseguiu foram histórias de luto e perda. Então ficou sabendo que outras mulheres haviam passado por momentos semelhantes ao que ela vivia; conheceu-as pessoalmente e conseguiu chorar abraçada a elas, por seu filho e pelo das outras. Buda não ressuscitou seu filho, mas pelo menos a fez experimentar o bálsamo curativo da empatia.

Ir à tanatóloga também permitiu que analisassem a dinâmica de seu relacionamento. Eles nunca tinham conversado muito, mas naquele momento lhes parecia de todo impossível. Aurelio reclamava do hermetismo de Alina, e ela, de que ele a julgava constantemente. A questão econômica também não era simples. Continuava sustentando os pais, pagava por seus remédios, pela ajuda doméstica, e as despesas que tinha eram enormes. A terapia a ajudou a reconhecer a contribuição do parceiro, já que seria o seguro dele que cobriria as contas hospitalares e os honorários médicos.

Aurelio tinha uma amiga empresária, dona de várias propriedades, incluindo uma casa em Tulum. Caminhar por aquelas praias de areias claras junto das águas azul-turquesa do Caribe, a brisa do mar, o descanso e a boa comida os ajudaria a se curar e também a se reconectar. Ele pediu que ela lhes emprestasse aquela casa e ela aceitou sem hesitar. Definiram as datas. Compraram as passagens. Estava tudo pronto, só faltava esperar mais duas semanas eternas. E dar à luz Inés.

22

Numa manhã de sábado, quando voltei da aula de ioga, descobri que a cria das pombas havia nascido. O pátio do prédio estava silencioso. Meus vizinhos ainda deviam estar dormindo àquela hora, e isso me permitiu ouvir os trinados quase inaudíveis, mas insistentes, que vinham do teto. Puxei a cadeira para mais perto da viga para verificar e vi uma figura esquálida, sem penas, com a cabeça levantada, que apesar de seus esforços não conseguia passar da beira do ninho. Era óbvio que estava com fome, mas as pombas ainda não tinham chegado com a comida. Minutos depois, ouvi o bater de asas que anunciou a volta de uma delas. Fiquei ali em cima da cadeira observando a cena. Assim que a mãe pousou — supus que fosse ela, embora na realidade fosse impossível dizer —, abriu o bico e aproximou-o do filho, encorajando-o a provar um líquido branco que escorria pelo corpo monstruoso e sem penas do recém-nascido. Eu observava tudo isso trepada na cadeira, com curiosidade e um pouco de espanto, imaginando o que teria mudado se o outro ovo tivesse sobrevivido.

Por volta das três da tarde, Alina veio a minha casa. Depois da natação, ela tinha passado no mercado orgânico para comprar cogumelos, tomates secos e queijo. Abri uma cerveja e servi-lhe uma água mineral com folhas de hortelã, enquanto ela observava absorta a cena familiar dentro do ninho.

— Acho que você estava certa em não ter filhos — ela me alfinetou enquanto acendia um cigarro. — Ser mãe significa se preocupar com alguém o tempo todo.

— Você voltou a fumar? — perguntei surpresa, sem saber como reagir. Alina olhou para mim com os olhos bem abertos e um sorriso torto, aquele que ela mostrava sempre que alguém dizia uma obviedade. Seu gesto me deixou aliviada. Era a prova de que, apesar das circunstâncias e da nova forma que seu corpo havia adquirido, a Alina que eu conhecia continuava existindo.

— Você parece sem noção, mas para o que realmente importa, você é muito pragmática — ela continuou.

Achei que em outra época nada teria me deixado mais feliz do que saber que ela concordava comigo nesse assunto. Agora, ao contrário, eu teria dado qualquer coisa para vê-la tão feliz quanto estava alguns meses atrás.

— Você pode achar difícil de acreditar agora, mas tenho certeza de que vai se sentir bem novamente. Você deve esperar o tempo passar.

— Não sei — respondeu ela. — Nesse momento, a única coisa que me entusiasma é conhecer Inés, tocá-la, ver seu rostinho. O que vai acontecer depois não me interessa.

Devo admitir que era difícil entendê-la. Por que Alina queria conhecer a filha se ela ia morrer logo depois? Não corria o risco de se tornar ainda mais apegada a ela? Depois pensei que o amor muitas vezes é ilógico, incompreensível. Muitos de nós fazemos o mesmo quando nos apaixonamos por alguém que está muito doente; por alguém que mora longe; por alguém comprometido com uma história anterior na qual não nos encaixamos. Quem já não mergulhou num amor abismal sabendo que ele não tem futuro, agarrando-se a uma esperança frágil como uma folhinha na grama? *Pourquoi* durer *est-il mieux que* brûler?, Por que *durar* é melhor que *inflamar*?, perguntava-se o cético Roland Barthes. Amor e bom senso nem sempre são compatíveis. Geralmente, tende-se a escolher a intensidade, por mais curta que seja e apesar de tudo que se ponha em risco.

— A tanatóloga me aconselha a escrever para ela, que conte para Inés tudo o que eu gostaria de fazer com ela, que lhe fale sobre mim, seu pai, sua família, que lhe explique o que estou sentindo, o bem e o mal, quem são seus avós, quem são meus amigos, como é minha vida. Às vezes também penso nas músicas que gostaria de dançar com ela. Ela recomendou que eu não guarde nada dentro de mim, que ponha aqueles discos para Inés escutar e que faça uma playlist da gravidez para guardá-la para sempre.

Pedi a Alina que a compartilhasse comigo e ela o fez na manhã seguinte. Baixei a playlist no meu telefone e a ouvi enquanto tomava o café da manhã, embaixo do chuveiro e enquanto me vestia para sair. Ouvi-a na rua e finalmente no metrô, a caminho da biblioteca. Para minha surpresa, várias delas eram músicas animadas, "Here Comes Your Man", dos Pixies, The Turtles com "Happy Together", e "Couleur Café", de Serge Gainsbourg, um de seus artistas favoritos. Imaginei Alina dançando em seu apartamento ensolarado e cheio de plantas, com sua bebê pulando dentro dela, transmitindo-lhe a música da qual ela havia se apropriado ao longo da vida, como parte de sua herança cultural, mas também genética, pois há músicas que, de tanto que se escuta, são incorporadas às nossas células. Eu a imaginei compartilhando com Inés o espanto e o assombro que sua existência lhe produzia, permitindo a si mesma ser feliz por cinco minutos, apesar das circunstâncias. As músicas que ela ouvia eram do tipo que ouvimos quando acabamos de conhecer alguém que, pressentimos, será importante em nossa vida. Embora também houvesse algumas melodias tristes, como aquelas que você põe quando prevê uma separação. "Alexandra Leaving", de Leonard Cohen, por exemplo, "The Man Who Sold the World", de David Bowie, ou "Cry Baby", de Janis Joplin. Essas duas canções me deram um nó na garganta, no sofá da biblioteca onde as ouvi.

Seguindo o conselho da tanatóloga, Alina manteve um diário no qual contava sua história a Inés em grandes pinceladas. Sua infância em Veracruz, sua escola maternal na cidadezinha, a mudança de sua mãe tão cedo para outro estado da república, a doença de seu pai, sua vida de estudante em Guanajuato e mais tarde na França; como conheceu Aurelio e os esforços que fizeram para engravidar dela. Quando estava na piscina ou caminhando no parque, contava-lhe essas histórias mentalmente. Falava com ela o tempo todo. Assegurava-lhe: "Vou sentir muita pena de não te conhecer um pouco mais, não tenho dúvida de que você seria muito simpática. Embora talvez você tivesse um gênio tão horrível quanto o meu ou o do seu pai". "Eu queria te ensinar tantas coisas, como fazer bolhas dentro da água, por exemplo, e depois nadar."

Durante as últimas cinco semanas, tirou uma infinidade de fotos e fez vários vídeos. Em todos eles, a protagonista era sua barriga. Para se inspirar, ela via nas redes sociais imagens de outras mulheres grávidas, em roupas íntimas ou trajes de banho. Copiava suas poses, mas, em vez de postar as fotos, salvava-as naquela pasta onde ia ficar registrada a história das duas.

Uma tarde, decidiu preparar as coisas que levaria para o hospital. Procurou as maletas onde havia guardado as roupinhas de Inés e escolheu aquelas com as quais queria se lembrar dela. Disse a si mesma que seu cheiro provavelmente iria ficar naquele tecido por algum tempo. Alguém lhe dera uma placa de gesso para guardar as impressões digitais da filha e ela se lembrou de enfiá-la na maleta. Pôs a bolsa dentro do armário e foi trabalhar.

23

Há algumas semanas, retomei o hábito de ir ao cinema nas tardes de quinta-feira. Quase sempre vou sozinha, mas não sou a única. Existem outros como eu, homens e mulheres, que vão àquela sala em busca de um bom filme no qual pensar pelo resto da noite ou por alguns dias. A despeito do que minha mãe possa achar, na maioria das vezes gosto de ficar sozinha. Pelo menos parece muito mais suportável do que a memória dos meus últimos meses como casal. A convivência é uma das aventuras mais difíceis de enfrentar. Se às vezes me esqueço disso, meus vizinhos estão lá para me lembrar.

Na semana passada, quando voltei da Cinemateca, encontrei uma grande poça d'água embaixo da porta de Doris. Eram onze da noite. Não queria acordar o menino, então, em vez de tocar a campainha, optei por ligar para ela no celular.

— Era só o que me faltava! — ela disse com a voz pastosa. — Obrigada por avisar.

Fiquei no corredor por alguns minutos para ter certeza de que ela não tinha voltado a dormir, até que a vi aparecer de camisola. Seu cabelo despenteado parecia uma réplica do esfregão que tinha em mãos, só que escuro em vez de cinza, e seus pés descalços exibiam dez unhas pintadas de preto.

— Posso ajudar em algo? — perguntei.

Então ela abriu a porta para me deixar ver: a água cobria toda a superfície do apartamento.

— Vem da cozinha. A torneira da pia quebrou — explicou, levando as mãos à cabeça.

— Espere um pouco, vou buscar um balde.

Em casa, tirei os sapatos, troquei de roupa e calcei uma galocha. Peguei um rodo na despensa, o balde e um pano. Optamos por empurrar a água do fundo para a varanda para que caísse nas plantas do pátio interno. Fazia calor. Andávamos em silêncio, carregando os móveis juntas para não acordar seu filho. A vizinha era mais forte do que eu pensava: aqueles braços finos que assomavam pelas mangas de sua camisola eram capazes de levantar uma cômoda. Quando a sala ficou seca, enxugamos o corredor e a cozinha. Ela usava o esfregão; eu, o rodo e o pano. A tarefa demorou algumas horas, mas, em vez de nos cansar, nos encheu de energia. Quando terminamos, nenhuma das duas estava com sono.

— Eu tomaria uma vodca-tônica — disse ela, esparramando-se no sofá.

Pareceu uma ótima ideia.

— Se você quiser, vamos para a minha casa — propus. — Não tem vodca, mas tenho gim, e assim não acordamos o Nicolás.

Doris secou os pés com uma toalha, pôs um xale e chinelos e, pela primeira vez em todos esses meses, veio ao meu apartamento. Abri a porta da varanda para deixar entrar ar fresco na sala e a instalei ali, enquanto ia para a cozinha preparar as bebidas.

— Que bela casa — disse ela, como se falasse em voz alta para si mesma. — A minha é um campo de batalha.

Contradizê-la parecia um gesto de hipocrisia, então não o fiz. Em vez disso, a adverti:

— Você vai ter que virar a poltrona e colocá-la ao sol para secar por baixo. Caso contrário, o tecido vai apodrecer.

— Claro — disse ela. — Amanhã, assim que eu deixar o Nico na escola, termino de arrumar a área do desastre.

— Isso será dentro de uma ou duas horas — eu disse, exagerando um pouco.

Doris sorriu, acho que pela primeira vez desde que nos conhecemos. Seu cabelo castanho estava na altura dos ombros e lhe conferia um aspecto dinâmico, inclusive atrativo.

Peguei o maço de cigarros no bolso do meu suéter e lhe ofereci um. Ela deu a primeira baforada fazendo círculos perfeitos.

Ela estava confortável em meu sofá de leitura, com sua camisola verde-clara e as pernas cruzadas. Lembrei-me das vezes em que a encontrei na porta do prédio com roupas esportivas e disse a mim mesma que não poderíamos ser amigas por nada no mundo. Dessa vez, ela não só parecia mais atraente, mas também outra pessoa. Há pessoas que ficam mais despertas à noite, como se com o cair do sol sua verdadeira personalidade surgisse. Talvez Doris fosse uma ave noturna sem sabê--lo, ou talvez apenas naquelas horas, quando seus deveres de mãe tinham terminado, ela pudesse ser ela mesma. O fato é que, embora de pijama e com o cabelo desgrenhado, ela exibia o tipo de magnetismo que exercem as mulheres conscientes de sua beleza.

— O que você gostava de fazer antes de se casar?

— Isso foi há tanto tempo que eu nem me lembro — ela respondeu, brincalhona (o gim estava fazendo efeito). — Gostava de beber, ir a bares e festas.

Sua resposta me fez rir.

— Bem, aproveite agora que você pode. Você está em território aliado. E além de ficar bêbada, o que mais você fazia?

— Cantava num grupo country. Fizemos uma turnê pelo norte do país, até que uma noite em Reynosa começou um tiroteio e o guitarrista foi morto. Desde então, não cantei em público novamente.

Dizendo isso, ela ergueu o copo e brindamos em silêncio.

— E você? — ela perguntou. — O que você gostava de fazer antes de viver trancada neste apartamento?

— Viajar. Eu gostava muito.

— E por que você não faz mais isso?

— Não sei. Acho que cansei. Ou talvez eu esteja com muita pressa de terminar minha tese. Também gostava de ler o tarô.

— Sério? — perguntou ela, batendo palmas.

— Sim, mas já o abandonei para sempre.

— Que pena! Eu adoraria que você tirasse minha sorte. Por que você parou?

— Das últimas vezes, fiquei com medo.

Doris me contou que era louca por um café do bairro onde faziam leitura de cartas, runas e quiromancia.

— É um lugar muito bom. Um dia te levo para conhecer. Se você se cansar da tese, pode pedir um emprego lá — disse ela com uma risada que me pareceu macabra.

Bebemos demais da conta naquela noite, mas o álcool nos permitiu descobrir várias coisas em comum para conversar. Falamos dos ataques de seu filho e de como era difícil para ela lidar com eles.

— De onde Nicolás tira todas essas grosserias? — perguntei-lhe. — Você não fala assim.

— Do pai dele.

Ela me contou que certa época seu marido tinha tido inúmeros episódios de violência. Nicolás viveu isso quando era bebê e agora os repetia com as mesmas palavras.

— Cada vez que fica assim, é como se seu pai revivesse.

A partir daí, saltamos para a nossa própria infância. Como eu, Doris era a mais velha da casa. Depois que a mãe se divorciou, ele mal manteve contato com o pai.

— Ele dizia que ia nos buscar e nos levar para almoçar. Minha irmã e eu o esperávamos arrumadinhas na frente de casa durante horas, mas ele chegava de noite, depois de ter tomado todas. Uma vez apareceu no dia seguinte. — Assim que ela terminou de falar, explodiu numa gargalhada contagiante.

— O meu apareceu num dos meus aniversários e me trouxe um irmão de presente — contei-lhe.

— Jura? Chegou com um bebê?

— Não. Com um filho da minha idade, que tinha tido com outra mulher.

Rimos de novo.

Doris voltou para casa quando a manhã despontava na janela. Ou seja, uma hora antes de seu despertador tocar. Ao me deitar, não pude deixar de pensar nela e em todas as mães da cidade que preparavam o café da manhã para seus filhos àquela hora.

24

No último sábado antes do parto, foram realizadas as eleições presidenciais para cidadãos franceses no exterior. A Frente Nacional tinha ficado em muita vantagem no primeiro turno e era importante votar para que não ganhasse. Alina foi ao Liceu Francês, onde tinham se organizado as eleições na Cidade do México, acompanhada por Léa, sua amiga marselhesa. Naquela manhã só havia adultos naquele pátio em que meses antes ela imaginara Inés na aula de esportes. Estava se sentindo bem-disposta e, portanto, não se valeu de seu estado para evitar a fila. Esperou sua vez de pé, como todos os outros, até depositar seu voto na urna. Quando terminaram, Léa sugeriu que fossem comer. Seus respectivos maridos se encontraram com elas num restaurante libanês de Polanco. Já fazia muito tempo que não saíam assim, os dois casais, enquanto alguém cuidava dos filhos da amiga. Ao saírem do restaurante, Alina sugeriu que voltassem para casa a pé, o que demorou cerca de uma hora. Naquela noite, Aurelio assistiu a uma luta de boxe pela televisão. Alina se sentiu cansada e foi para a cama. Ela estava na trigésima sétima semana e quase não dormia mais. A barriga atrapalhava à noite, e para não acordar Aurelio com seus movimentos, estava dormindo havia dias no quarto de hóspedes. Depois de se despir, observou seu corpo no reflexo da janela e teve a impressão de que seu abdome havia crescido no decorrer daquela tarde. Entrou debaixo do edredom e se deixou embalar pela voz do comentarista de boxe que vinha da sala de estar.

Acordou de madrugada e saiu da cama para se olhar mais uma vez no reflexo do vidro. Pegou o celular na bolsa e tirou algumas fotos. Faltava muito pouco para a cesariana, se tudo corresse bem seria dentro de uma semana, e queria acumular as recordações. Alina se enfiou de volta na cama, mas teve vontade de ir ao banheiro antes de adormecer. Então percebeu que tanto sua camisola como a calcinha estavam manchadas de sangue. Escorria tanto que ela preferiu não sair do banheiro. O cheiro era muito forte. De lá, ligou para Aurelio, tentando manter a calma, e pediu que avisasse o ginecologista. Sentada no vaso sanitário, ela estendeu a mão e procurou no armário da pia um pacote de absorventes. Colocou dois e saiu do banheiro para se vestir. Não tinha contrações, não sentia dor, apenas aquele sangramento na virilha cuja origem ela estava tentando entender. Apesar de Barragán ainda não ter respondido, disse a si mesma que deviam ir para o hospital o mais rápido possível se quisessem conhecer Inés com vida. Tirou então do armário a maleta que arrumara e sentou-se no sofá da sala para esperar que Aurelio terminasse de fazer a sua. Eram seis da manhã quando recebi a mensagem: "Inés vai nascer hoje. Venha conhecê-la".

25

Não houve necessidade de ficar buzinando para que lhes cedessem passagem ou agitar um lenço durante o percurso. Era a madrugada de domingo e a cidade ainda dormia. Alina olhou a data em seu celular e viu que era 7 de maio. Faltava uma semana para a cesariana estipulada por seu médico, mas ela pensou que quanto antes, melhor. Não queria ficar esperando. Lembra-se de que estava calma. Havia pensado tantas vezes naquele momento que não sentia mais medo. Quando o ginecologista finalmente atendeu o telefone, ele os lembrou, com voz sonolenta, de que estava de férias. Ele já havia dito antes, durante a última consulta, mas Alina apagara completamente de sua memória. Barragán perguntou sobre o sangramento. Ela lhe descreveu a cor e disse que o fluxo era muito abundante.

— A placenta se descolou. Você pulou ou fez algum esforço físico?

— Andamos muito ontem.

— Vão para o hospital. Vou encontrar um colega que possa me substituir.

Foram recebidos pela médica de plantão, a quem Emilio já havia posto a par da situação.

— A dra. Gutiérrez está a caminho. É ela quem vai cuidar da cesariana. Antes, vamos medir seus sinais vitais.

Enquanto tiravam sua pressão arterial, Alina começou a explicar seu caso a todos que cruzavam com ela.

— Meu bebê vai morrer — dizia ela. — Não me anestesiem. Eu combinei com o médico que iria vê-la. Quero conhecer minha filha. Quero estar com ela.

Aurelio olhava para ela com ar de censura. Não havia necessidade de contar a todos os enfermeiros, mas tudo o que importava para ela era ter certeza de que ninguém lhe daria um sonífero.

O anestesista chegou, e Alina ficou ainda mais insistente. O homem estava usando uma máscara, então ela não podia ver seu rosto. Apenas uns olhos grandes e escuros que inspiravam confiança.

— Não me faça dormir — ela ordenou. — Me dê algo para não doer quando eles me abrirem, mas não me anestesie para que eu durma. Minha filhinha vai morrer e não quero deixar de vê-la.

O anestesista explicou para Alina que estaria com ela o tempo todo.

— Vou ficar aqui, atrás da sua cabeça. Estarei atento ao que você precisar. No momento em que sentir que está adormecendo, me avise que eu darei algo para acordá-la.

Chamaram Aurelio à área financeira para fazer o pagamento. Se não deixasse uma conta aberta, eles não poderiam ser atendidos. A medicina privada tem suas prioridades. Quando finalmente avisaram que era possível seguir em frente, as coisas se aceleraram.

Por causa dos analgésicos, Alina entrou numa espécie de cochilo. Enquanto isso, a obstetra substituta examinava a lista de instrumentos. A dra. Mireles apareceu no meio da cirurgia. Conforme prometido, ao chegar ao hospital já tinha dado instruções para que preparassem o quarto de terapia intensiva.

Logo, a médica a alertou:

— Você vai sentir que estou mexendo dentro de você.

E depois:

— Agora vou fazer uma força grande para tirá-la. Atenção. Você vai sentir um vazio, mas não vai doer.

As lágrimas corriam por seu rosto, e o anestesista, que ela não podia ver, enxugava-as com uma gaze. Provavelmente para animá-la um pouco, injetou-lhe alguma outra substância, e Alina logo percebeu que a energia aumentou: passou a falar de tudo e de nada, a dar instruções a Aurelio sobre assuntos domésticos que eram irrelevantes no momento. *Não se esqueça de pedir à empregada para lavar as cortinas da sala* e outras coisas do gênero. De repente, houve uma agitação entre os médicos. Todos falavam ao mesmo tempo e se moviam em volta da mesa de operação.

— Já nasceu? — Alina perguntou.

— Sim — respondeu uma voz que ela não conseguiu identificar.

— Como está?

— Já está vindo para cá.

— Vindo? De onde? — perguntou indignada. — A médica me disse que não iriam levá-la embora!

Momentos depois, puseram Inés em seu peito. A única coisa que Alina lembra daquele momento é um pacote de carne morna, avermelhada e com pouco cabelo, que ela encheu de beijos como uma mãe felina que lambe sua cria recém-saída do ventre. Estava tão concentrada em dar-lhe carinho que não pensou no formato ou no tamanho de sua cabeça, ou se a filha se parecia com Aurelio ou com ela.

— Inés, te apresento sua mãe. Você pode me dar um minuto para examiná-la? — era a voz da dra. Mireles.

Alina não conseguia se mexer ou virar o pescoço, mas percebeu que quase todo mundo estava saindo da sala de cirurgia atrás de seu bebê. Aurelio ia com eles. Ela gostaria de segui-los, mas naquele momento seu corpo não lhe pertencia. Seu corpo era aquela massa manipulada e costurada que mal conseguia sentir e da qual haviam extraído algo precioso. Agora que estava vazio, importava-lhes tão pouco quanto o material sujo e a gaze ensanguentada que tinham deixado no carrinho, coisas das quais era preciso se ocupar, limpar, arrumar, mas não uma prioridade. Os poucos que ficaram lá dentro começaram a falar sobre a luta de boxe da noite anterior, que parecia ter sido inesquecível. Alina sentia que o tempo se esvaía. Onde estava Inés? Por que não a traziam? O que poderia ser mais importante naquele momento do que deixá-la com ela? Quando tentou perguntar, a enfermeira entregou-lhe um comprimido e anunciou que iria transferi-la para a sala de recuperação.

Ela se lembra de estar sozinha num enorme cômodo sem janelas, iluminado por luzes de néon muito fortes, e que permaneceu ali por mais de uma hora antes de ser levada para seu quarto. Ao lado dela havia outras camas vazias. Ela estava com frio e se perguntou se voltaria a ver sua filha.

Em algum momento, uma enfermeira apareceu e disse:

— Seu marido mandou dizer que Inés está bem.

Alina se tranquilizou ao saber que pelo menos ainda não havia morrido, que talvez tivesse alguns minutos para conhecê-la, com sorte algumas horas, mas o que exatamente Aurelio quis dizer com aquele "está bem"?

Muito tempo depois, levaram-na para o quarto onde Léa a esperava com o marido, outras amigas íntimas, a sogra, a cunhada e eu.

Aurelio estava no berçário e dali mandava fotos e vídeos da filha:

— Veja, olhe ela aqui! Inés, diga "oi" para a mamãe! Conte para ela que você está muito bem — dizia, como quem se dirige a uma menina de dois anos ou mais.

Ao ver essas imagens, Alina percebeu que a cabeça de sua filha era realmente muito pequena. Mais uma vez, ela se via oprimida pelas circunstâncias. No quarto, nossos rostos eram muito diferentes entre si. Cada vez que ouvíamos Aurelio dizer que Inés estava bem, as expressões das amigas se contraíam, enquanto as da sogra e da cunhada pareciam iluminadas de esperança.

A verdade é que nunca nos chamaram para "nos despedirmos" da menina como haviam dito. No momento, Inés não ia a lugar nenhum.

26

A temperatura no berçário era um pouco mais alta do que no resto do hospital. A luz entrava generosa pelas janelas e persianas abertas. As enfermeiras do andar sorriam e se moviam lentamente, como se estivessem sob o efeito de algum opiáceo. Alina encontrou Aurelio sentado ao lado de um pequeno berço aquecido. Inés estava lá dentro, só de fralda e conectada a uma série de cabos. A dra. Mireles chegou logo depois dela, exibindo também um sorriso. Ela explicou que os sinais vitais de sua bebê eram *alentadores* e que dentro de algumas horas fariam uma ressonância magnética e também um encefalograma para entender melhor o estado de seu cérebro. Também mediriam a capacidade visual e auditiva, para saber se havia *algo* a resgatar. Alina ficou pensando nessa palavra. Naquelas circunstâncias, poderia significar qualquer coisa. A ambiguidade com que todos se expressavam nas últimas horas parecia-lhe insuportável. Tinha o efeito de um ácido em seu estômago vazio. Não seria melhor ficarem quietos e falar apenas quando tivessem certeza? Como se ouvisse seus pensamentos, a médica anunciou:

— O que é certo é que vocês irão para casa com ela muito em breve. Vocês têm tudo para recebê-la?

Alina não se lembra de ter sentido nem uma sombra de alegria naquele momento, mas algo semelhante ao estupor e à negação. Com o passar do tempo, o primeiro foi cedendo, e a possibilidade de levá-la para casa lhe pareceu cada vez mais sinistra. Pensou no quarto desmontado e cheio de caixas. Não tinha fraldas, tampouco leite ou mamadeiras em seu apartamento. E, acima de tudo, não tinha a menor ideia do que fazer com aquele bebê.

Exceto nos momentos em que a examinavam ou quando a mandavam se alimentar no quarto, passava a maior parte do tempo com Aurelio no berçário. O corte da cesariana ainda era recente e a forçava a andar numa cadeira de rodas. Mas ela se recuperou logo, e dois dias depois, ia e vinha pelo hospital à vontade, sem pedir permissão. Na terça-feira, o ginecologista voltou à cidade e naquela mesma tarde pediu para vê-los em seu consultório, localizado alguns andares acima. A essa altura, a única coisa que aquele homem lhe inspirava era ressentimento, a sensação de que havia traído sua confiança. Mesmo assim, sugeriu a Aurelio que fossem vê-lo.

— Como você está se sentindo? — Barragán perguntou quando se encontraram.

— Como você quer que eu me sinta? — ela respondeu. — Inés está viva, quando você me garantiu que isso era impossível.

— Alina, você me perguntou se, caso ela vivesse, seria um peso morto, e eu disse que sim. Você não se lembra?

A expressão "peso morto" soou em sua cabeça como um sino. Alina guardou as censuras para outro momento e se concentrou no imediato. Não no que poderia ter acontecido, mas no que teria de fazer de agora em diante.

— Minha mãe teve um derrame há alguns anos — disse ela. — No início ela não conseguia nem piscar e, graças à fisioterapia, ela agora mexe todo o corpo. O mesmo pode acontecer com Inés se ela fizer fisioterapia? Ela pode recuperar alguma mobilidade?

— Inés não tem nada a recuperar, porque ela nunca teve nada — explicou ele, provavelmente calculando o quanto o casal na frente de sua mesa o odiava. — De qualquer maneira, o mais provável é que ela morra. Crianças como ela não sobrevivem.

Alina pensou em como a pediatra era cuidadosa antes de lançar qualquer hipótese e a comparou com a segurança prepotente de seu ginecologista. Ele tinha errado em seu prognóstico sobre a morte de Inés, e agora com a mesma postura — e sem a menor vergonha — estava fazendo outro vaticínio gigantesco. Quem poderia acreditar nele?

— Como está indo a cesariana? O corte dói muito?

Enquanto ele abria sua bata de algodão para examiná-la, perguntou se ela estava amamentando. O assunto a pegou de surpresa. Até então, as enfermeiras do berçário alimentavam Inés com fórmula, e ela não tinha tido nada a ver com o processo. Disse a si mesma que era melhor assim.

Alina negou com a cabeça.

— A decisão é sua. Você ainda tem alguns dias para pensar sobre isso. Na dúvida, vou prescrever algo para cortar seu leite.

27

Na tarde de quarta-feira, a crise de meus vizinhos superou as anteriores. Nicolás gritou todo tipo de impropérios contra sua mãe, contra o mundo e contra seu criador. Em vez de responder ou esperar pacientemente que o filho terminasse de insultá-la, Doris saiu do apartamento com uma batida de porta que ecoou nas paredes do prédio. Nicolás ficou em silêncio por alguns minutos e então, como não havia ninguém a quem continuar perturbando, começou a chorar. Não como uma criança que recorre à chantagem, mas como alguém atingido por uma dor muito profunda. Esperei que ele se acalmasse, mas isso não aconteceu logo, então saí de casa e bati timidamente na porta de seu apartamento. Ouvi-o arrastando uma cadeira do corredor para olhar pelo olho mágico. Quando afinal abriu a porta, abraçou minhas pernas e as encheu daquela substância pegajosa, entre o muco e a saliva, que sempre associei às crianças.

Assegurei-lhe que em minha despensa havia os melhores biscoitos que eu já tinha experimentado. Isso foi o suficiente para convencê-lo. Ele fechou a porta de casa deixando as chaves lá dentro e entrou na minha. Estava sem sapatos. Suas meias tinham as cores do Barça. Uma delas estava meio rasgada e seu dedão se mostrava, como um animal curioso.

— Você gosta do Messi? — perguntei-lhe.

— Sim. Ele é o melhor do mundo — respondeu sem entusiasmo, como se afirmasse o óbvio.

Peguei na despensa uma lata de biscoitos Caprice e uma caixa de chocolates com recheio de menta. Coloquei-os na mesa e o deixei escolher entre os dois, em vez de engolir todo o meu estoque, como ele pretendia. Ele optou pelos Caprice. Jamais esquecerei a cara que fez ao enfiar o primeiro na boca.

Enquanto comíamos, ele me perguntou:

— Você acha que a mamãe vai voltar?

— Tenho certeza absoluta — respondi. Notei que seus ombros caíram alguns centímetros. — Você quer que ela volte?

Nicolás olhou em volta:

— Sua casa é muito bonita — disse ele —, mas a verdade é que eu prefiro morar na minha.

— É sempre melhor para as crianças viverem com a família. Além disso, para ser sincera com você, não quero ter filhos, nem mesmo filhos adotivos.

Meu vizinho se concentrou em mergulhar o biscoito em seu copo de leite. Fiquei o tempo todo atenta aos ruídos no corredor, esperando o momento em que o elevador trouxesse Doris de volta ao nosso andar. Não queria imaginá-la voltando para casa e descobrindo que o filho não estava lá. Escrevi: "*Nicolás está em minha casa. Laura*" numa folha de papel e saí para colá-la em sua porta.

Voltei para o apartamento pensando numa maneira de entretê-lo.

— Uma amiga recentemente me passou uma playlist de músicas que gravou para a filha. Você quer ouvi-las?

O menino assentiu em silêncio e ouviu com uma expressão muito séria os acordes dos Pixies. Quando terminaram, pulei alguns títulos e escolhi "Should I Stay or Should I Go". Eu me levantei da cadeira e o convidei para dançar. Nicolás se levantou e começou a dar pulinhos como os de um coelho. Escolhi as músicas mais alegres de Alina e devo dizer que surtiram efeito, porque no final da tarde a expressão de meu vizinho havia mudado completamente. Em seguida, saímos para a varanda com o pote de biscoitos.

— Minha mãe nunca escuta música. Desde que meu pai morreu, ela esqueceu como é ser feliz.

— Sabe, às vezes as pessoas precisam de tempo. Há quanto tempo isso aconteceu?

— Olhe, eu estava na primeira série. Agora estou na terceira — disse ele, arregalando os olhos como se quisesse abarcar com eles aqueles dois anos e pouco que deviam lhe parecer uma eternidade. Uma eternidade em prisão domiciliar.

Doris voltou algumas horas depois, mas não falou com o filho por mais de um dia.

— Como você está? — perguntei a ela numa mensagem.

— Um pouco melhor, mas não aguento mais.

28

Todos os dias, a geneticista ia ao berçário para colher amostras de sangue da menina. Além dela e do neurologista, vieram representantes da Secretaria de Saúde, para ver se o caso de Inés poderia ser incluído nos causados pelo zika. A dra. Mireles recomendou que eles acessassem todos os estudos. Isso os ajudaria a ter mais clareza sobre a condição da filha. Na quinta-feira, todos os especialistas se reuniram com eles numa sala do hospital ao lado do berçário. Havia café quente, cartões e lápis para a reunião. Aurelio e Alina sentaram-se numa das pontas da mesa. Inés também estava lá, nos braços da mãe, esperando como todos por seu diagnóstico. Por fim, a dra. Victoria Mireles tomou a palavra:

— Até o momento fizemos dois encefalogramas na Inés, além de testes para determinar seu potencial visual e auditivo. Embora seja quase certo que ela não veja e que tampouco possa ouvir algum som, a parte inferior do seu cérebro desenvolveu-se por inteiro, e é isso que garante a vitalidade e as funções primárias de um ser humano. Além disso, seu coração, pulmões, intestino e outros órgãos funcionam perfeitamente. O maior risco no momento são as convulsões, típicas do seu estado. É por isso que é tão importante que continue a tomar o medicamento. Levitracetam, certo? — O neurologista assentiu de sua cadeira. — Desde que trabalho com isso — continuou a pediatra —, recebi uma infinidade de crianças: há aquelas que vêm ao mundo sem nenhum padecimento e por algum motivo, incompreensível para nós, morrem de repente, ou morreriam se não impedíssemos, enquanto outras que nascem com graves problemas de saúde ou de constituição se aferram à vida com todas as suas forças. Esse parece ser o caso da Inés.

Alina olhava atentamente para uma mancha de tinta na parede oposta, cujo formato mudava dependendo do tanto, muito ou pouco, que ela abria os olhos. Para Alina, a mensagem da reunião era muito clara: Inés ia viver, e nem ela nem os médicos podiam impedi-la. A imagem que lhe veio à cabeça naquele momento foi a de uma adolescente imóvel, de quem Alina teria de trocar os absorventes todo mês, sempre que ela menstruasse.

— Quanto tempo ela vai viver? — perguntou.

— Não sabemos. Duas semanas, talvez, ou quem sabe alguns meses, com sorte alguns anos. A única coisa certa é que não morrerá nas próximas horas. Vocês podem ir para casa com ela esta tarde e retomar sua vida. — Um sorriso irônico deve ter se insinuado na boca da minha amiga quando ela ouviu essas palavras. Nenhuma mulher que volta para casa depois de dar à luz o primeiro filho retoma sua vida anterior, muito menos nessas circunstâncias. A maternidade muda a existência para sempre. Era óbvio que esse jovem neurologista nunca havia sido mãe, ele não tinha ideia do que estava dizendo.

— Você já lhe deu o peito? — perguntou a pediatra de repente, em plena reunião.

Alina negou com a cabeça.

— Vamos ver — disse ela, enquanto abria a bata de Alina na frente dos outros médicos, trazendo energicamente o corpo da menina para mais perto de seu seio esquerdo.

— Você deve ajeitá-la assim. Com uma mão você a aperta e com a outra empurra a cabecinha dela em sua direção. Está vendo? Não é tão difícil.

Inés abriu os lábios e engoliu o mamilo como se estivesse acostumada a fazer aquilo. Assim que sentiu a sucção, tudo ao redor de Alina começou a girar. Queria se levantar e sair correndo, mas não tinha forças nem para protestar ou para tirar a bebê de cima dela. O chão daquele lugar era uma boca imensa prestes a engoli-la.

Aurelio conseguiu convencer os médicos a deixá-los no hospital por pelo menos mais um dia. Havia muitas coisas a preparar antes de aterrissar em casa com Inés a reboque. Alina ligou para a irmã e pediu que ela montasse o berço ao lado da cama. Também devia abrir as caixas de papelão e as maletas onde havia guardado as roupinhas, lavá-las mais uma vez e guardá-las no armário. Também pediu à irmã que fosse à farmácia comprar fraldas para recém-nascidos, fórmula infantil de fase 1 e mamadeiras.

À noite, ligou para o celular da médica, o mesmo que ela lhe dera para chamar a qualquer momento se tivesse alguma dúvida durante a gravidez, mas ninguém atendeu. Lá fora, as luzes da torre dos consultórios começaram a se apagar. Tudo na janela estava ficando preto. Tentou novamente algumas vezes até que atenderam.

— Boa noite, Alina. Aconteceu alguma coisa?

Ao ouvir a voz de Mireles, Alina começou a chorar. Quando as lágrimas finalmente permitiram que ela articulasse algumas palavras, disse:

— Não estou pronta para isso. Inés ia morrer, pelo menos foi o que todos me disseram. Você mesma me aconselhou a procurar um tanatólogo para me preparar, e foi o que fizemos. Desmontamos seu quarto e compramos um caixão. — Os soluços a impediam de se expressar com clareza, e ela estava com medo de que a médica não a estivesse entendendo, então decidiu ir direto ao ponto: — O que quero dizer é que não posso passar o resto da minha vida cuidando de uma criança assim, nem saberia como fazer isso.

— Estão me chamando em outra ligação — disse Mireles. — Vamos conversar sobre isso pessoalmente. Amanhã, antes de terem alta, vou passar para te ver no hospital.

Alina não conseguiu dormir naquela noite. O corte da cesariana a incomodava mais do que nos outros dias e a tensão tomava conta de seu corpo. Os médicos a traíram. Ela sentia raiva deles, de si mesma e também de Inés. Pensava naquele rostinho que tanto insistira em ver antes de morrer e do qual agora gostaria de se livrar a qualquer custo. Enquanto rolava na cama, tentou se lembrar do nome de uma instituição que muitos anos antes ajudara uma de suas amigas com problemas de fertilidade a adotar um bebê, e pensou em levá-la lá para que tomassem conta dela, mas quem iria querer cuidar de um bebê com uma condição semelhante? Além disso, como sua filha seria tratada num lugar assim? Com certeza mal e sem o menor respeito, sem falar no afeto ou no calor de um lar. Se antes tinha dito a ela que gostaria de conhecê-la, agora lhe pedia mentalmente — como se ela ainda estivesse em seu ventre, e não numa incubadora a dois andares de distância — para ir embora: *"Vá embora, Inés. Você não tem nada para fazer aqui. Vá logo! Se você ficar, nem você nem eu teremos uma vida".*

Quando sentiu que não aguentava mais, pegou o telefone para pedir um sonífero. Foi trazido a ela, e depois de esperar mais de uma hora para que fizesse efeito, ela adormeceu.

29

A luz do sol a acordou. Aurelio havia aberto todas as persianas para acordá-la e agora estava lendo o jornal, sentado no sofá. Ela o cumprimentou envolvida pelos lençóis, levantando a mão.

— Bom dia — disse ele, enquanto se levantava para beijá-la.

— Temos que ir embora.

Ela se sentou na cama e ouviu um gemido agudo. Então percebeu que sua filha também estava no quarto. Olhou para o sofá e viu um pequeno ovo de pano laranja que ela não conhecia, uma daquelas cestinhas que são colocadas em cima dos carrinhos para recém-nascidos, e que também servem para andar de carro. Ao lado dela estava a maleta com as coisas que eles tinham trazido para o hospital. Alina se aproximou dela e, sem olhar para a bebê, começou a procurar suas roupas lá dentro.

Foi quando o telefone tocou. Do outro lado do aparelho, ela ouviu a voz de uma mulher.

— Bom dia, Alina. É a dra. Mireles. Eu gostaria de falar com você a sós. Posso subir?

Alina assentiu e desligou o telefone.

— Por que você não vai pagar enquanto eu me visto? — disse a Aurelio. — Assim ganhamos tempo. Eu me encontro com vocês lá embaixo.

Cinco minutos depois, a médica bateu à porta. Seus olhos estavam inchados e seu rosto um pouco diferente, como se ela também tivesse chorado. Sua voz um pouco mais anasalada do que de costume confirmou isso.

— Vim lhe dizer que você não está condenada. Isso tem solução. Mas se trata de uma decisão muito difícil, e nem todos podem viver com ela.

A médica falava sem pausas, como alguém que pensou demais nas palavras, palavras difíceis de dizer, mas que precisam ser liberadas, como se ela estivesse tentando expelir um monte de pregos pela boca.

— Quero que você tenha a oportunidade de escolher entre a vida ou a morte da sua filha.

Alina olhou para ela atônita. Sem compreender.

— Se você ficar com ela, as consequências serão muito difíceis, acho que não preciso lhe explicar. Em ambos os casos, a mais afetada será você. É por isso que quero lhe dar essa possibilidade.

— O que você quer dizer exatamente? — Alina perguntou, sentindo sua voz tremer.

A médica a pegou pela mão e entregou-lhe uma pequena caixa branca de medicamento injetável.

— Essa substância é muito limpa, não deixará nenhum vestígio. Se você decidir usá-la, será indolor para a bebê. Inés irá embora no meio de um sonho, e ninguém vai perceber. Até o especialista mais experiente pensará que se tratou de uma morte súbita. Sugiro que você não faça isso agora. Pode esperar para ver como as coisas evoluem e como você se sente com ela. Se decidir fazer isso, posso acompanhá-la.

Alina recebeu o frasco com a sensação de que todos os músculos de suas costas tinham parado de responder a ela. Deixou-se cair na cama como um invertebrado, uma água-viva úmida. Apesar de ter chorado muito no último mês e meio, ela se lembra de que naquela manhã o fez de uma forma diferente, com liberdade. Pela primeira vez desde o início de todo aquele pesadelo, sentiu o ar circular por seus pulmões. Ficou assim por um tempo, ouvindo-se respirar, com as mãos aferradas à substância, a solução que a impediria de se perder naquele futuro sinistro que visualizava à sua frente.

A médica tinha se sentado no sofá, no mesmo lugar onde minutos antes haviam estado seu marido e sua filha, e olhava distraidamente para a cidade perdida.

— Você tem meu celular — disse ela. — Tudo o que lhe peço é que você não conte a ninguém.

Aos poucos, Alina encontrou coragem para se levantar. Recuperou sua fechada e forte expressão de montanhesa, aquele rosto digno e desprendido que inventara para si entre a infância e a adolescência para enfrentar o mundo. Saiu da cama, calçou os sapatos e pegou sua mala.

— Vamos embora — disse ela. E lhe pareceu que sua voz soava mais forte.

Desceram juntas até o caixa e lá encontraram Aurelio. Alina se aproximou de Inés e a tirou da cesta para carregá-la. Percebeu que ela havia crescido um pouco desde a tarde anterior. Beijou sua cabecinha e a apertou contra o peito.

Antes de se despedir, a médica lhes disse:

— É melhor viver no presente. Não projetem nem mesmo uma semana à frente. Sua filha está saudável, mas seu cérebro pode entrar em colapso a qualquer momento, e então aconteceria tudo o mais. Não sabemos de nada. Aproveitem o que for possível. Pelo menos tentem. Vivam cada dia como se fosse o último.

No táxi, a caminho de casa, Inés estava muito inquieta. Alina puxou-a para fora da cestinha laranja e a recostou sobre o peito, sustentando sua cabeça e as costas, enquanto cantava uma canção de ninar. Cantou uma e outra vez. Aos poucos, a menina foi adormecendo. Era sexta-feira. Haviam se passado cinco dias desde sua entrada no hospital, mas ela sentia que eram mais de quinze. Aurelio e Alina tinham ido àquele lugar ver a filha morrer e agora iam embora com uma nova menina e uma vida em que tudo devia ser inventado.

Parte II

I

Durante todo o tempo em que Alina esteve no hospital, não consegui retomar o fio de minha tese. Ler poesia era a única coisa que conseguia, se não me distrair, pelo menos me consolar do desassossego que senti durante toda aquela semana. Lembro-me de que dava voltas trancada no apartamento e depois saía para dar voltas no mesmo quarteirão. Tinha poucas notícias deles. Às vezes, uma mensagem para explicar brevemente o que estava acontecendo. Aurelio tinha me falado que a menina ia viver. Devia ficar feliz ou triste com isso? Qual seria o estado exato dessa criança? E Alina, sempre tão parcimoniosa, tão sóbria na hora de expressar seus sentimentos, será que ela realmente estava "bem", como me garantia? Sugeriram que eu não fosse ao hospital porque a maior parte do tempo ficavam no berçário e ali as visitas eram proibidas, exceto para os pais. Na sexta à noite, Alina me escreveu: "Já estou em casa. Inés está conosco".

No sábado, acordei cedo. Fui ao mercado; comprei frutas e verduras para eles, presunto, queijo, leite, água de coco e um pão de centeio. Ao voltar para o apartamento, tomei um banho e vesti uma roupa limpa e alegre. Procurei em meus filmes a coleção completa de Miyazaki que Aurelio tinha me pedido havia muito tempo. Arrumei tudo numa cesta e fui para a *colonia* La Condesa.

Ao chegar, encontrei o quarto de Inés na penumbra. Alina estava sentada num sofá que eu não conhecia e mantinha a bebê agarrada ao peito. Léa também estava lá. Nenhuma das duas dizia uma palavra. Tudo parecia estranhamente em ordem e num tempo suspenso. Era impossível imaginar o que se passava pela cabeça da minha amiga. Por mais que tentasse, nunca conseguiria decifrar o que ela estava sentindo.

— E então, como vai tudo? — perguntei, tentando soar natural.

— Bem, olhe, a pobrezinha tem dificuldade em pegar o peito. Dá voltas e voltas ao redor do mamilo. Assim que o localiza, ela o solta novamente.

Léa, que já tinha dois filhos, protestou:

— Acontece a mesma coisa com todos os recém-nascidos. Não pense que é só ela. Para mim, o mais maravilhoso em tudo isso é que ela esteja procurando.

Era verdade. Era impressionante vê-la mamar como um bebê normal, depois do que nos haviam dito.

— Como ela consegue sugar? — perguntei. — Não se supunha que ela seria um vegetal?

— Os médicos dizem que suas funções primárias estão ativas, mas daí que pense e calcule... já é outra história — respondeu Alina.

— Nessa idade ninguém pensa e calcula — disse Léa, com toda a razão, antes de sair do quarto para perguntar ao marido não sei o quê, ou talvez porque nossa conversa a estivesse deixando desesperada.

Embora achasse ter me habituado à ideia, a verdade é que era difícil para mim ver Alina convertida em mãe, ainda mais nessas condições, e por isso preferiria que Léa tivesse ficado.

Alina afastou Inés do peito e a colocou em meus braços, ciente do incômodo que as crianças me provocam. Era como se me dissesse: aqui está, e mesmo que você resista, ela vai fazer parte de sua vida. Eu a recebi da melhor maneira que pude, tentando sustentar sua cabeça. Carregá-la me deu uma sensação tépida e esponjosa, como um pão recém-saído do forno que se carrega com cuidado. Tinha as sobrancelhas longas e bem delineadas, a boca franzida num biquinho como a da mãe. Eram muito parecidas, e talvez por isso senti que a amava.

— Ela não parece doente — eu disse.

— A médica garante que essa menina, além de saudável, está empenhada em viver.

— Isso é porque ela ainda não lê os jornais. Quando vir o estado do mundo, mudará de ideia.

Alina olhou para mim e disse:

— É muito estranho, não é? Por que alguém que nunca viveu iria querer fazer isso?

Lembrei-me de algo que li faz alguns anos, nos livros de budismo que comprei durante minha última viagem ao Nepal. Segundo esses autores, nascidos muitos séculos antes de Inés e de nós, o desejo é a emoção que mais caracteriza nossa espécie, e é também o desejo que nos faz reencarnar como seres humanos.

— Eu me pergunto se ela está consciente ou se estará algum dia — disse Alina. — Se algum dia vou poder ter um relacionamento com ela. Será capaz de sentir afeto?

Olhei para a orquídea na janela, seu porte altivo e suas finas pétalas roxas. Alina era uma expert em jardinagem. Se tinha uma relação assim com as plantas, como não teria algo parecido com a filha?

— Tenho certeza que sim — disse a ela. — Se a pediatra acredita que Inés *está empenhada* em viver, ela também acredita que tem consciência. Você não acha?

— Mas ela também diz que seu cérebro não funciona.

Os budistas, sempre tão cautelosos ao se pronunciar sobre assuntos como a origem da vida ou do universo pelos quais outras religiões são tão obcecadas (e sobre os quais ninguém sabe absolutamente nada), asseguram com absoluta convicção que a consciência não depende do corpo.

Expliquei isso a ela, sabendo que aqueles assuntos, interessantes para mim, costumavam deixá-la impaciente.

— Talvez nesse momento ela esteja limitada pelo cérebro com o qual nasceu, mas no fundo sua mente é tão perfeita quanto a de qualquer pessoa.

— Ah, é? — perguntou, incrédula. — E em que eles baseiam essa teoria?

— Bem, aparentemente, numa infinidade de experiências.

— Talvez, mas quando minha cabeça ou qualquer outra parte do meu corpo dói, mal consigo pensar.

— De acordo com eles, o que acontece é que a mente tem dois aspectos. Aquele com o qual lidamos no dia a dia e que produz milhões de pensamentos, que se entorpece, acelera e passa por todos os estados anímicos; e outro mais profundo ou intrínseco, que não pode ser danificado ou alterado, nem mesmo depois da nossa morte.

— Algo como a alma? — Alina perguntou.

— Antes, como a natureza mais profunda da mente ou o motor da consciência.

Percebi que ela me ouvia com mais atenção do que em outras ocasiões, mas também não queria me aproveitar de sua situação para fazer proselitismo.

— A verdade é que ainda não sabemos nada sobre Inés — disse a ela. — Vamos conhecê-la aos poucos.

Sei, por outras amigas que tiveram filhos, que quando nasce um bebê aparecem em casa os personagens mais insólitos, aqueles parentes ou amigos que nunca vimos, como se de repente fossem magnetizados por aquela nova presença na família. Naquela tarde, uma tia de Aurelio veio ao apartamento com o marido músico. O homem, um brasileiro na casa dos sessenta anos com abundantes cabelos brancos, tocava violoncelo na Orquestra Filarmônica da Universidade e trouxera seu instrumento em homenagem à recém-nascida. Nós nos sentamos na sala de estar para ouvi-lo tocar. Enquanto ele tirava o instrumento da caixa, houve um silêncio em que pude ouvir a respiração de Inés. Desde que Alina a pusera em meus braços, eu não tinha me separado dela. O primeiro acorde soou e, naquele exato momento, senti seu pequeno corpo estremecer com o impacto das notas. Minha surpresa foi tão grande que tive de me esforçar para não deixá-la cair. Quando a música parou e os aplausos acabaram, aproximei-me de Alina para comentar:

— Eu não me importo com o que os médicos disseram a você, Inés consegue escutar. Eu te garanto.

Então ela me contou que no hospital também a vira reagir assim a diferentes ruídos: portas que batiam, gavetas fechadas bruscamente, até o velcro quando se desprendia, mas os médicos garantiram que isso era impossível.

— Também não entendo nada — disse ela. E em seu tom de voz eu parecia ouvir, não indignação, nem mesmo perplexidade, mas todo o desconsolo do mundo.

Na minha varanda, as coisas aconteciam a toda a velocidade. O pombinho já havia adquirido um tamanho considerável, e os três se espremiam no ninho. Quanto mais eu observava aquele pássaro, mais horrível ele me parecia. Ele não tinha nenhuma semelhança com seus pais. Suas penas não eram cinzentas, azuis ou brancas, mas escuras e esparsas, especialmente no pescoço. Nada disso parecia importar para as pombas. Cuidavam dele como se fosse um tesouro. Elas arrulhavam para ele, abrigavam-no, desvelavam-se trazendo insetos para que ele comesse. Ainda assim, ele nunca parecia satisfeito.

2

A chegada de Inés a sua casa mergulhou Alina ainda mais em seu casulo. Ela parou de sair à rua, parou de ler jornais, parou até de espiar a internet e as redes sociais. Por mais que nós, suas amigas, tentássemos falar com ela, era impossível estabelecer um contato verdadeiro, muito menos fazer projetos ou convidá-la para sair. Os médicos haviam deixado claro para ela: todo dia poderia ser o último com a filha. Como ela ia planejar o próximo fim de semana? À noite, ela se aproximava do berço temerosa e punha um dedo sob o nariz da menina para verificar se ela ainda respirava. Alina e Aurelio tinham que estar preparados para tudo. Uma parte deles, certamente a mais prática, lhes dizia que se afeiçoar à sua filha, ceder ao apego incondicional como qualquer pai faz com seus filhos, poderia levá-los a um sofrimento muito intenso, e ao mesmo tempo cada minuto passado com ela fortalecia esses laços que os assustavam tanto.

Um dia, sua amiga Léa me ligou. Ela temia que, se Alina continuasse assim, pudesse enlouquecer ou cair numa daquelas depressões pós-parto que já mandaram tantas mulheres ao psiquiatra.

— Mas de que outra forma ela pode encarar tudo isso? — perguntei-lhe. — Você pode se imaginar nessas circunstâncias?

— Sim — disse ela. — Pensei muito sobre isso.

Ela me contou que havia alguns meses um colega de classe de seu filho tinha sido atropelado ao sair da escola. Ele largou a mão da mãe e atravessou quando não podia. O carro nem o viu.

— Na verdade, todos nós vivemos com essa ameaça. Não apenas nossos filhos, mas nós mesmas podemos desaparecer a qualquer momento. A diferença é que Alina tem isso muito claro. Talvez ela devesse simplesmente se esquecer disso.

Enquanto a ouvia, lembrei-me das monjas do mosteiro Nagi Gompa, que se reuniam de madrugada para lembrar cantando:

Como as ondas do oceano
tudo que nasce está condenado à impermanência e à morte.
A vida de cada ser é efêmera como uma bolha d'água.

Para elas, era fundamental nunca se esquecer disso.

Embora ambas fossem mães, a verdade é que havia muitas diferenças entre Alina e Léa. Além de uma probabilidade maior de que sua filha morresse logo, Alina tinha que enfrentar outra grande ameaça: a de que Inés vivesse muitos anos e ela se visse obrigada a cuidar da filha, não como quem cuida de uma criança, mas como um doente terminal ao qual é preciso alimentar, trocar fraldas, administrar medicamentos. Alguém que, apesar de estar desenganado, nunca vai completamente embora.

Se alguém perguntar a qualquer mãe qual foi a etapa mais pesada no cuidado dos filhos, a resposta é inequívoca: os primeiros dois anos, aquela época em que os filhos não são autossuficientes e é preciso dar-lhes de comer na boca, vesti-los, dar-lhes banho e trocar suas fraldas o dia todo, e era assim que a maternidade se anunciava para Alina. Não apenas por alguns anos, mas pelo resto de sua vida. Também se diz que esses meses são o período durante o qual as mulheres se tornam viciadas em seus filhos. Léa me explicou que não se trata de uma simples síndrome de Estocolmo, como sempre pensei, mas algo químico: os bebês secretam uma série de hormônios para promover o bem-estar das mães e também seu apego. Eu me perguntei se Inés também os secretava e com que idade ela deixaria de fazê-lo.

3

Na segunda-feira de manhã, amanheceu chovendo. O céu parecia uma lápide de densas nuvens cinzentas, prontas para desabar sobre nós. Enquanto fumava o primeiro cigarro do dia, sentada na poltrona da varanda, vi Nicolás atravessar o pátio interno do prédio. Ele estava com uma capa de chuva cinza e uma mochila vermelha nas costas, com a máscara do Homem-Aranha. Não era a primeira vez que eu via o menino e sua mãe saírem tão cedo em direção à escola, mas agora, ao contrário das outras vezes, Doris não estava com ele, e os passos de meu vizinho mostravam uma lentidão suspeita. Ele não tinha o aspecto de uma criança com pressa de ir para a aula. Pelo contrário, arrastava os pés e parecia determinado a enfiá-los em todas as poças. Achei que sua mãe havia esquecido alguma coisa importante — talvez a lancheira ou um pedaço de papel exigido pela professora — e lhe pedira que a esperasse lá embaixo, mas logo descartei essa possibilidade. Nicolás avançava em direção à rua e Doris continuava sem surgir por nenhuma das portas. Disse a mim mesma que algo devia estar errado para que ela deixasse seu filhote solto. O mais provável é que ela estivesse doente e a febre não a deixara se levantar. Saí no meio da manhã para bater em sua porta e ver se podia ajudar de alguma forma, mas ninguém atendeu. Mandei uma mensagem para ela e também não obtive resposta. À tarde, o som da campainha anunciou que Nicolás havia voltado. O cheiro perene de comida vinha de seu apartamento, então parei de me preocupar.

Dois dias depois, vi-o novamente atravessando o pátio sozinho, de manhã cedo, com um aspecto ainda mais perdido do que da vez anterior. Liguei insistentemente para o celular de Doris por várias horas, mas ela não me atendeu. Eu sabia que ela estava em casa pelo barulho que vinha do outro lado da parede. O cheiro de comida, ao contrário, tinha desaparecido por completo. Na quinta-feira, por volta das sete e quarenta, assim que ouvi meu vizinho sair de casa, corri até o corredor para interceptá-lo. O elevador tinha acabado de chegar, então entrei com ele antes que as portas se fechassem.

— Você está indo para a escola sozinho? — perguntei, enquanto apertava o botão do térreo. — Sua mãe está doente?

Nicolás desviou o olhar.

— Não sei, mas ela não sai da cama há três dias.

4

Certo dia, ligaram do consultório da geneticista para avisar que os resultados de Inés finalmente estavam prontos. Eles foram naquela mesma tarde. Mais do que um consultório médico, o local parecia um laboratório. Havia desenhos nas paredes, mesas compridas, refrigeradores com amostras, microscópios e centrífugas.

A mulher era bastante jovem, vestia um jaleco branco, e uma touca de plástico envolvia seus cabelos. Ela lhes mostrou algumas ilustrações plastificadas. A primeira era um desenho à caneta azul com os contornos de um X disforme, pois os braços superiores eram mais curtos que os inferiores. O ponto de união havia sido marcado com uma caneta vermelha.

— Este é um cromossomo — disse ela. — O corpo humano tem vinte e três deles. Imaginem-no como um arquivo. Dentro de cada um há gavetas, dentro delas há pastas com documentos. Alguns têm notas adicionadas, como se fossem um post-it.

A geneticista explicou que a doença cerebral de Inés se devia à mutação de um gene no cromossomo 17. Algo minúsculo em seu código genético havia mudado de lugar e desencadeado a microlisencefalia. Era a primeira vez que alguém registrava essa mutação, semelhante a síndromes já conhecidas como a Miller-Dieker, a principal causa de lisencefalia no mundo. Mas o que aconteceu com Inés não correspondia inteiramente a esse transtorno.

— É algo nunca visto, algo que continuará sem nome enquanto não for devidamente estudado e registrado de outra forma.

No ensino médio, tinham explicado para Alina e para mim a evolução de uma maneira muito parecida, certamente a recomendada pelo programa nacional de educação da época. Disseram-nos que as espécies sempre evoluíam para melhorar, para ser mais aptas, mais propensas à sobrevivência e a deixar mais descendentes. Haviam nos mostrado uma ilustração com o desenho de uma pirâmide. Os protozoários estavam na parte inferior, enquanto o *Homo sapiens* triunfava na parte superior, como a melhor de todas as criaturas terrestres. Não nos contaram então sobre as espécies que tinham se extinguido ou sofreram mutações incompreensíveis, de dinossauros transformados em galinhas, por exemplo, do gene do BRCA e de outros tipos de câncer. Enquanto a geneticista tentava convencê-los a seguir em frente com os estudos, Alina se lembrou da ilustração com a pirâmide evolutiva que sua professora de biologia lhes mostrava e se perguntou se o ser humano estava mesmo no topo e o que significava "evoluir". Concluiu que, na realidade, o DNA de cada indivíduo depende do acaso, do encontro aleatório de dois gametas na hora da relação sexual, e não de uma tendência a melhorar, como havíamos sido levadas a acreditar. Será que Inés teria a mesma probabilidade de nascer assim se, em vez de Aurelio, Alina tivesse escolhido outro pai, ou se tivesse recorrido a um banco de esperma para engravidar? Pensou nas lesmas, nas estrelas-do-mar e em outros animais que podem se reproduzir assexuadamente, pois seu organismo está equipado para não precisar de ninguém que os fecunde. Ao contrário dos primatas, esses seres nascem perfeitamente capacitados para sobreviver por conta própria, para enfrentar os perigos da floresta e do oceano sem a ajuda de ninguém. Eles não mereciam estar no topo, antes do chimpanzé ou do *Homo sapiens*?

Ao contrário da atitude dos médicos, a da geneticista não era resignada nem indiferente. Movia as mãos com rapidez e seu tom de voz era quase entusiasmado.

— Enquanto vários dos meus colegas são obcecados por engenharia genética, manipulando organelas e editando genes em busca da *perfeição* — ao dizer essa palavra, ela juntou o dedo médio e o indicador de ambas as mãos e desenhou duas aspas no ar —, meu objetivo é registrar o contrário. Tenho certeza de que o interesse, mas também a beleza da nossa espécie, reside nos seus milhares de variantes, naquelas mutações insuspeitadas como as da Inés. Sua filha é muito especial. Eu não sei se conseguem ver isso. Estamos apenas começando os estudos. Poderíamos descobrir não apenas a natureza, mas também o comportamento do gene. Ainda há muito por descobrir! Por exemplo: como não há ninguém com esse gene na família, que fatores concorreram para que ela nascesse assim.

Indiferentes à insistência daquela mulher, Alina e Aurelio não encontraram muita utilidade naquela entrevista. Eles preferiram parar a investigação ali e não gastar mais tempo ou dinheiro para descobrir o que poderia ter ocorrido e não havia acontecido.

5

Se antes já havia tensões entre o casal, a chegada de Inés só fez com que aumentassem. Era impossível para eles entrar num acordo sobre os cuidados com a bebê. Cada detalhe — a quantidade de sono, a maneira de dar banho, a temperatura de suas mamadeiras — era um motivo de discussão e a prova de que o outro era inepto como pai ou mãe. A verdade é que ambos eram, mas sempre é mais fácil culpar os outros por aquilo que não toleramos em nós mesmos; o que não nos perdoamos. Onde estava o amor que um dia os levara a viver juntos? Certamente lá, só que sepultado sob uma montanha de responsabilidades. E o desejo, algum dia iria voltar ou havia desaparecido para sempre? A lembrança da felicidade e a tragédia compartilhada bastaria para mantê-los juntos? Alina se perguntava essas coisas com frequência. O apartamento agora havia sido transformado num porto seguro, mas também numa jaula.

Certa manhã, Aurelio conversou com ela e sugeriu dividir as tarefas: ele sairia para trabalhar e conseguir o dinheiro, enquanto ela cuidaria de Inés e da casa, para que não desabasse. "Um típico arranjo patriarcal", pensei quando me contaram. "A única coisa que faltava a Alina era se tornar uma escrava doméstica." Mas a verdade é que também não era fácil para Aurelio. Se antes se dava ao luxo de apenas aceitar trabalhos relacionados com sua carreira de artista, agora era obrigado a aceitar tudo em função do dinheiro. Começou a fabricar móveis para milionários: cômodas, escrivaninhas, arquivos, adaptados às necessidades e aos caprichos de seus clientes. Ele os fazia perfeitos, embalava-os pessoalmente e os entregava em domicílio.

O trabalho realmente era muito bem pago, mas era necessário dedicar bastante tempo a ele.

O pior era especular sobre o futuro; imaginar a morte de Inés ou ver a si mesma arrastando, pelas ruas de calçamento irregular e cheias de buraco da cidade, uma cadeira de rodas na qual estaria sentada uma mulher a quem teria de dar banho e alimentar até o fim de seus dias. O que aconteceria, por exemplo, se eles morressem antes da filha? Quem cuidaria dela? Sobre quem recairia essa responsabilidade? Para não enlouquecer, como Léa temia, Alina decidiu seguir o conselho da dra. Mireles de viver o presente. Ou seja, passou a se concentrar nos atos e acontecimentos cotidianos, sem pensar no que poderia acontecer a seguir: hoje ela respira, amanhã não sabemos. A cada duas horas preparava uma mamadeira, tendo o cuidado de introduzir nela a dose exata do remédio. Quando estava pronta, colocava-a na mesinha de cabeceira, sentava-se no sofá, desabotoava o sutiã de amamentação e puxava Inés para perto do peito. Tentava sincronizar sua própria respiração com a dela, concentrando-se em não perder o ritmo, mas também atenta ao cheiro de sua pele, à sucção, à temperatura e ao peso de seu corpo. Cada um desses atos, mas também os pequenos prazeres, como tomar uma xícara de chá durante os intervalos, comer uma barrinha de chocolate, fumar um cigarro na varanda, enquanto observava a boa saúde de suas plantas, eram para Alina os apoios que a impediam de cair no abismo. Num livro belo e terrível chamado *A trégua*, Primo Levi afirma que, se conseguiu sobreviver à desumanização de Auschwitz, foi graças a uma série de rotinas diárias que lhe recordavam sua vida de antes e lhe devolviam a dignidade, como lavar a barba. São ações simples como essas que dão alento ao dia. Alina amava esse livro, lera-o várias vezes durante a adolescência, e estou certa de que suas palavras deixaram marcas em algum lugar de sua consciência.

Depois fiquei sabendo que, quando tinha um tempo livre, ela se instalava na frente do computador para fazer compras on-line. Embora nunca houvesse sido grande entusiasta dos shoppings — odiava a quantidade de gente, a sensação de confinamento e o volume da música —, descobriu nas compras pela internet um novo e intenso prazer. Durante aqueles meses visitou os sites de suas marcas preferidas, mas também aquelas que o site de pesquisa sugeria, e quando encontrava algo, um vestido, um jeans, sapatos originais, apertava o botão azul para comprá-los. Também comprou livros, filmes, aparelhos eletrônicos e móveis. Quando sua primeira fatura do cartão de crédito chegou, ela a rasgou em pedacinhos, sem nem mesmo abri-la. Prometeu a si mesma nunca mais gastar e conseguiu por algum tempo, mas assim que seu nível de ansiedade aumentava, ela tinha uma recaída, sem poder evitá-la. Finalmente, bloquearam seu cartão. Era a primeira vez em sua vida que algo assim lhe acontecia. Até aquele momento, seu histórico bancário era impecável, e por isso a medida lhe pareceu exagerada e rude. Então disse a si mesma que pelo menos isso poria um limite em sua compulsão, e acabou se resignando. Felizmente, para as compras realmente necessárias, ela ainda tinha sua conta-corrente e o cartão de débito.

6

No pátio interno do prédio, Nicolás parecia perdido e também menor, como se houvesse voltado no tempo e, em vez de oito anos, tivesse seis. Seu cabelo estava molhado do banho e seus lábios tremiam de frio.

— Você tomou café?

Ele negou com a cabeça.

Sugeri que fôssemos ao Nin, meu café favorito do bairro, que abre de manhã cedo e é onde fazem os melhores ovos ao forno que já comi.

— E a escola? — ele perguntou.

— Hoje você fica comigo e amanhã você diz a eles que estava doente. Isso se chama "matar aula". Não é correto, mas há dias em que vale a pena.

No caminho, ele me explicou que sua mãe não queria cozinhar ultimamente. Ele vinha se alimentando de sobras reaquecidas e cereal com leite.

— Mas o que ela tem?

— Não sei. Ela quase não fala comigo.

Perguntei se ela chorava e ele me disse que sim, embora não na sua frente.

— Ela fecha a porta do quarto, mas eu a ouço do lado de fora. Só se eu fosse surdo para não escutar.

Nicolás devorou silenciosamente seus ovos com bacon, alguns *molletes*, um suco de laranja e uma barra de chocolate. Então perguntou se eu tinha certeza de que a escola não ligaria para sua mãe para saber por que ele não tinha ido.

Eu lhe disse que não era assim que as coisas funcionavam. Pelo menos em minha memória, as escolas nunca ligavam por causa de um dia de ausência.

A princípio pensei em levá-lo à biblioteca, mas o que ele poderia fazer num lugar como aquele além de ficar entediado? Era uma criança que vivia trancada, como ia desperdiçar a primeira cabulada de aula de sua vida numa sala de leitura? Olhei para a porta e vi que o sol tinha saído. Na rua passava um daqueles ônibus vermelhos de dois andares, com assentos no teto, que passeiam com turistas por toda a cidade. Foi então que me ocorreu. Quando saímos do café, joguei sua mochila no ombro e caminhamos até o ponto.

Sentados num teto cheio de estrangeiros entusiasmados, circulamos pela avenida Reforma e pelo bosque de Chapultepec. Vimos a feira de longe e os animais do zoológico. Descemos um pouco mais adiante e fomos a pé até o castelo. Uma vez lá, contei a ele a história de Carlota e Maximiliano de Habsburgo, e sua tentativa fracassada de governar o país. Durante todo esse tempo, Nicolás se manteve tranquilo e interessado. No entanto, ao descer a colina, deparamos no chão com o cadáver de um pássaro morto, talvez atropelado por uma bicicleta. Então sua expressão ficou totalmente sombria. Tentei passar ao largo, mas, em vez de me seguir, Nicolás recuou e se pôs a pisá-lo com força.

— Pare! — gritei. — Por que está fazendo isso? — Na mesma hora percebi, horrorizada, que estava falando com um tom de voz muito semelhante ao que Doris utilizava para repreendê-lo. Então decidi não falar mais nada. Em suma, o animal já estava morto, que mal podia haver em destruí-lo? Deixei que Nicolás triturasse com a sola do sapato os ossos daquele cadáver emplumado. Tampouco protestei quando se cansou de fazê-lo e, esgotado pelo ataque de fúria, segurou minha mão, disposto a seguir caminhando como se nada tivesse acontecido.

Avançamos alguns passos em silêncio, com sua mãozinha quente dentro da minha. Com o objetivo de resgatar o bom ânimo de nosso passeio, parei em frente ao vendedor de balões e comprei-lhe um redondo, azul metálico, que ele carregou em silêncio enquanto descíamos a colina. Nós o soltamos antes de entrar no táxi que nos levaria de volta para casa, para que sua mãe não o visse quando ele chegasse. Pelo vidro traseiro do carro, monitoramos juntos sua subida ao céu até perdê-lo de vista.

Às duas e quinze, meu vizinho tocou a campainha como de costume e subiu para seu apartamento. Vinte minutos depois, cheguei com duas pizzas. Sentamos sozinhos na cozinha. Sua mãe ainda estava trancada no quarto. Ao ouvir minha voz, Doris apareceu com o cabelo preso e um suéter que ia até os joelhos. Tinha emagrecido muito.

— O que você está fazendo aqui?

Não estava claro se ela se dirigia a mim ou à criança.

— Você está com fome? Quer comer? — perguntei.

— O que eu quero é que você pare de se meter na nossa vida — ela retrucou com sua voz de fumante.

Depois se sentou conosco e comeu em silêncio. Pela voracidade com que engoliu quatro fatias, pensei que já devia estar há muito tempo de estômago vazio.

Nicolás se levantou da mesa e foi ligar a televisão. Ela permaneceu pregada à cadeira, com os olhos fixos num dos cantos do chão onde uma fileira de formigas avançava disciplinadamente. Alguém deixara cair um pouco de geleia e isso havia atraído o esquadrão. Dobrei as embalagens e as joguei no lixo. Juntei os pratos que tínhamos usado, reuni todos os outros que estavam flutuando no balcão e comecei a lavá-los.

Quando terminei, limpei as mãos com um pano de prato de higiene duvidosa que encontrei jogado por lá e voltei para a mesa.

— Quer me explicar o que está acontecendo com você? — perguntei.

Ela negou com a cabeça.

— Preciso saber para poder te ajudar — insisti. Mas ela permaneceu calada. — Bem, se mudar de ideia, você sabe onde me encontrar.

Da sala, vinha a música do *Inspetor Bugiganga*. Aproximei-me de Nicolás e baguncei seu cabelo. Ele tapou a boca com o dedo indicador e pisquei para ele, para fazê-lo entender que não se preocupasse: o que havíamos feito naquela manhã seria nosso segredo.

Antes de ir para casa, voltei para a cozinha, onde Doris continuava olhando para o chão. Despedi-me com um beijo em sua bochecha, que ela não retribuiu.

Cerca de três semanas depois do nascimento, as pombas deram à sua cria as primeiras aulas de voo. Inicialmente alguns movimentos simples de asa, depois um pairar desajeitado e fugaz sobre a viga. Mesmo assim, eu continuava achando o passarinho antipático. Suas penas escuras lhe conferiam uma aparência estranha e ameaçadora. Sei que existem pombas de tonalidades muito diversas e que algumas são pretas; o problema não era a cor das penas, mas a pouca semelhança que ele tinha com os pais. Também não arrulhava ou cantava. Tranquilizei-me pensando que dentro de pouco tempo ele iria embora de casa.

7

Com o tempo, ficou cada vez mais claro que os diagnósticos e previsões dos médicos não eram de todo exatos. Baseavam-se em exames feitos em determinado momento — uma tarde de segunda-feira, por exemplo — e, a partir do que observavam, diziam coisas como: sua audição é nula ou ela não vê um palmo à sua frente. Mas então Inés voltava para casa, tomava um bom banho, comia e então sua mente clareava. Se um objeto caísse no chão por acidente, enquanto Alina abotoava seu pijama, a bebê se assustava. O mesmo acontecia com seu sentido de visão. Às vezes, Alina a observava cochilar, parada ao lado do berço. Quando ela acordava e encontrava sua mãe lá, oferecia a ela algum de seus balbucios. Quando contavam ao neurologista, ele os olhava com desconfiança e mudava de assunto. Nada disso era possível para os médicos. Por outro lado, nós que estávamos perto observávamos seu progresso com espanto e otimismo.

Quando Inés completou três meses, Aurelio e Alina disseram um ao outro que talvez a filha não morresse tão cedo como haviam imaginado. Coincidiu com o dia em que lhe deram as vacinas, um evento na maioria das vezes trivial, mas que por alguma razão para eles representou um ritual de passagem ou iniciação à infância. Vacinar uma criança implica prepará-la para conviver com outros seres, seja com outros adultos, outras crianças ou os milhões de microrganismos com as quais temos contato diário. Depois que Inés foi vacinada, seus pais começaram a sair de casa com ela. Eles passeavam com o carrinho pelo parque, até a levavam a seus restaurantes favoritos, ignorando os olhares mórbidos dos demais clientes.

* * *

Logo Alina começou a notar que sua filha tinha abruptas oscilações em termos de presença. Ela podia ficar bem acordada por longos períodos e, em seguida, desligar-se por completo. Isso não dependia da hora nem da comida, mas sim das pessoas à sua volta. Se havia muito barulho ou caos ao seu redor, ela caía num sono profundo do qual era difícil acordá-la. Por outro lado, a natureza a estimulava: os cantos dos pássaros, mas também as ventanias e tempestades. Compartilhava essa paixão com a mãe. Às vezes, no fim de semana, ela e Aurelio preparavam uma cesta de comida, entravam no carro e saíam da cidade para o bosque mais próximo. Um riacho ou uma pequena cachoeira eram uma visão e tanto para a menina, e eles lhe proporcionavam isso sempre que possível.

Numa das consultas, Alina comentou essas descobertas com o neurologista. Ele, como de costume, se mostrou cético. Ouviu-a com uma atenção distante e olhou para a ficha sobre sua mesa.

— É hora de ela começar a fazer fisioterapia.

Explicou-lhes que certo tipo de exercícios promove as conexões neurais que se formam nos humanos dos quatro meses até os cinco anos. Com eles, poderiam estimular a pequena parte funcional do cérebro da filha.

— Não deixem de levá-la. É importante. Nessa idade, os bebês aprendem a sentar-se, engatinhar, falar e andar. Todos esses atos são o resultado da conexão de neurônios, por isso é crucial que sejam persistentes. Mais tarde não haverá outra oportunidade como esta.

8

A licença-maternidade terminou, e Alina foi forçada a voltar para a galeria. Doze semanas em casa cuidando de um recém-nascido parecem intermináveis, em especial nessas condições. Para sua saúde mental, era importante que ela retomasse as atividades. Se em algum momento passou pela cabeça de Aurelio lhe pedir que parasse de trabalhar para se dedicar à filha, logo descartou a ideia: desde que Alina havia começado a trabalhar na galeria, tinha um convênio que agora dava cobertura também à menina. Que outra empresa faria um convênio para um bebê naquelas condições? Nenhuma. O que eles precisavam era somar recursos, não ficar sem eles. Precisavam encontrar alguém capacitado para cuidar de Inés durante seu horário de trabalho. Só de pensar nisso, Aurelio perdia o sono. Não podia imaginar deixá-la nas mãos de um desconhecido. Mas, como Alina, ele também não podia fazer nada. Os honorários dos médicos, o preço dos exames e dos remédios eram exorbitantes.

Decidiram não publicar nenhum anúncio, exceto nas redes sociais, e não receber ninguém que não fosse recomendado por algum amigo. Numa manhã de sábado, várias babás em potencial começaram a circular pelo apartamento. Eles pacientemente as entrevistaram, ouviram sua história de vida e lhes contaram a sua, mas ou elas eram muito jovens e inexperientes ou muito velhas e sem energia. Muitas delas tinham filhos e era impossível pernoitar em caso de necessidade. Pensaram que talvez aquelas mulheres teriam cuidado bem de uma criança normal, mas não de um bebê com a condição de Inés. Era preciso que fosse uma pessoa muito sistemática, capaz de administrar pontualmente a dose exata de seus vários medicamentos, mas também uma pessoa flexível e amorosa, com discernimento suficiente para saber como agir em caso de emergência ou complicação. Depois daquele fim de semana, cientes da dificuldade de encontrar tal pessoa, resignaram-se a continuar como haviam estado até então e discutiram a possibilidade de Alina negociar meio período em seu trabalho.

Por esses dias, o banco — instituição maléfica onde quer que exista — aumentou o limite de crédito de Alina e desbloqueou seu cartão para que ela pudesse continuar a usá-lo. Ela se conteve por alguns dias, mas uma tarde, depois de uma discussão conjugal, se consolou comprando uma bolsa e um par de botas. Foi nessa época que passou a receber mensagens no celular e ligações a qualquer hora do dia e da noite, em que gravações telefônicas a obrigavam a pagar os juros da dívida. Aqueles telefonemas e os envelopes que ela não abria tornaram-se seu maior pesadelo, uma preocupação substituta daquela outra em que preferia não se demorar, uma preocupação que não ousava falar com ninguém, muito menos com Aurelio. Alina, apavorada, continuava a não abrir os extratos bancários, mesmo que a cada consulta sua terapeuta insistisse que ela o fizesse. À noite, sonhava que caminhava por um corredor escuro com o chão pantanoso. O cheiro era insuportável e grudava em sua pele, enquanto seu corpo se cobria de borboletas pretas. Quando Alina me contou esse episódio secreto, lembrei-me de um amigo economista que adora repetir que dinheiro é uma simples abstração, uma enteléquia. Pensei na quantidade de devedores que tiraram a vida — especialmente durante grandes crises econômicas como a de 2008 — em resposta às pressões bancárias e senti medo por ela.

9

Na segunda-feira de manhã, em vez de sair para a varanda com minha xícara de chá, fui até a cozinha e fiz um sanduíche de presunto e queijo. Em seguida, enchi uma garrafa térmica com água e embrulhei um pedaço de chocolate em papel-alumínio. Enfiei tudo numa sacola de pano. Assim que ouvi a porta de meus vizinhos se abrir, saí para o corredor e entreguei a sacola a Nicolás.

— Tome — eu disse a ele. — Para que você coma alguma coisa na escola.

Ele me agradeceu, pegou a sacola e a enfiou na mochila. Quando voltei para casa, fui até a varanda para conferir se ele tinha ido na direção certa. Fiquei trabalhando ali a manhã toda. Pouco depois de uma hora, fui tocar a campainha de Doris e insisti com grosseria até que ela abriu a porta para mim.

— Eu preciso que você me diga o que está acontecendo para que possa te ajudar — ordenei a ela. — Você não pode continuar assim. Pense no seu filho.

Ela me deixou entrar sem dizer uma palavra e voltou para a cama. Eu a segui temerosa até aquele quarto na penumbra no qual predominava uma mescla olfativa de umidade e suor quase insuportável. Ela chorava em silêncio com o rosto coberto pelas mãos, como se tivesse vergonha que eu a visse. Notei que suas unhas haviam crescido e o esmalte, sempre perfeito, estava lascado.

— Vou mandar Nicolás para Morelia em breve, para ficar com minha irmã — disse-me. — Ela não pode recebê-lo agora porque vai viajar. Você poderia levá-lo até a rodoviária? Tenho medo de ir até lá.

— Você vai mandá-lo sozinho num ônibus até Michoacán? — perguntei, escandalizada. — Com o país desse jeito?

Doris não respondeu.

Meu estômago se encolheu de tristeza. Não queria que Nico fosse embora, que sua mãe o despachasse como alguém que descarta um pacote incômodo. Tinha que evitar aquilo a todo custo, mas com a maior cautela possível. Violentar Doris seria apenas contraproducente.

— Claro que eu o acompanho — disse para tranquilizá-la. — Enquanto isso, posso te ajudar com ele até que sua irmã volte?

— Você me faria um grande favor. Ele tem estado tranquilo nestes últimos dias, talvez porque quase não nos falamos. Também não fiz nada para ele comer. Vai que ele deteste o que eu cozinho. Isso consome toda a minha energia. É como se ele precisasse sugar minha força vital para poder crescer. Sei que o amo com todas as forças, que nada me importa mais no mundo, mas há dias não consigo lembrar como se sente esse amor. A única coisa que sinto é que estou farta da sua fúria e de suas grosserias constantes. Às vezes, digo a mim mesma que teria sido melhor não tê-lo. É horrível, você não acha? Mães normais não pensam esse tipo de coisa, não é?

Eu não tinha a menor ideia do que elas pensavam. Nem mesmo tinha certeza de que existissem mães normais, então evitei responder.

— Você sabe por que ele fica assim?

— Ele aprendeu com o pai.

— Me desculpe por perguntar, mas por que você se casou com um cara desses?

— Enquanto estávamos namorando, ele se comportava muito bem. Então, depois do casamento, começou com os ciúmes e as reclamações. Desconfiava de todos, até mesmo dos meus companheiros de banda. Meses depois, começou a me pedir para não ir aos ensaios. Qualquer coisa podia deixá-lo furioso. Não havia como prever. Em vez de melhorar, piorou com o tempo. Quando mataram nosso guitarrista, ele ficou quase feliz: tinha um bom motivo para me manter em casa.

— E com Nicolás?

— Ele nunca o atacou diretamente, mas, como você pode imaginar, todas essas brigas lhe causavam um mal tremendo. Ele não se importava com o pânico do filho ou com seus gritos, e ai de mim se eu o abraçasse para acalmá-lo! "Não se esconda atrás do menino", ele me dizia. "Ele não tem nada a ver com isso."

Doris me disse que, quando a comida não era do seu agrado, o marido jogava os pratos no chão. Depois pegava o telefone e pedia uma pizza para humilhá-la.

— Outra tarde, quando os vi comendo na cozinha, quase desmaiei.

— Me desculpe — eu disse. — Eu não fazia ideia.

— Mas Nico se lembra, tenho certeza.

Como não compreender Doris? Nicolás era seu filho e ela o adorava, mas ele também era a recordação de seu marido opressor. O bastardo estava morto, e de certa forma ela tivera sorte, mas sua violência continuava a assombrá-la através do menino.

— Não pode deixá-lo gritar com você desse jeito. Não é bom para ninguém. Você acha que, quando ele for adulto, será assim nos seus relacionamentos?

— Isso é o que eu lhe digo, mas ele não me escuta, e eu não tenho mais forças para me opor a ele.

Naquela mesma tarde, fui eu quem recebeu Nicolás depois da escola. Tinha feito em casa um peito de frango à milanesa — meu prato favorito da infância —, purê de batata e espinafre cozido, que ele se recusou a provar. Servi um pouco de tudo num terceiro prato e pedi-lhe para levar à mãe. Depois fomos até a sorveteria comer a sobremesa, mas, em vez de ir ao parque, como ele queria, levei-o de volta ao prédio para fazer o dever de casa.

— Traga todas as suas roupas sujas — pedi. — Vamos aproveitar que ainda há um pouco de sol para lavá-las.

Enquanto Nicolás escrevia verbos da segunda conjugação em seu caderno, comecei a pendurar cuecas de Harry Potter e camisetas de futebol na varanda. Ele era bom em matemática, mas tinha dificuldades em leitura. Não era surpresa, em sua casa não havia biblioteca. As únicas leituras que eu já vira no apartamento eram as revistinhas de super-heróis que ele folheava na frente da televisão.

10

Apesar de nossos esforços, Alina se lembra daquela época como um grande isolamento. Não tinha vontade alguma de explicar aos outros o que sentia ou o que estava vivendo. Se ela sempre havia sido uma mulher de poucas palavras, agora dava por certo que sua experiência era completamente incomunicável e que tentar fazer isso era perda de tempo. Havia, isso sim, tentado encontrar alguma fundação dedicada a crianças como a dela, onde pudessem orientá-la e dar-lhe algo mais do que os dados escassos oferecidos pela internet, mas a enfermidade de Inés era tão rara que ninguém se ocupava dela no país inteiro. Se ela fosse mais jovem, quem sabe tivesse procurado imediatamente apoio nas redes sociais, mas nunca lhe ocorreu fazer isso. Uma noite, porém, pouco antes de dormir, recebeu uma mensagem de Léa, na qual ela compartilhava o link para um grupo do Facebook chamado Lissencephaly Network. Alina logo o abriu, mas não conseguiu ver quase nada, exceto a imagem na página inicial, que mostrava o desenho de um cérebro coberto de flores. Pela descrição, bem superficial, soube que o alvo do grupo eram pessoas cujos filhos tinham acabado de receber o diagnóstico. Tratava-se de uma comunidade de pais, fechada a qualquer pessoa que não tivesse vínculo direto com uma criança assim. Para se tornar membro, você tinha de enviar uma solicitação e esperar que o administrador do grupo o admitisse. As regras de convivência eram rígidas. Sem insultos ou palavras fora do tom. Respeito absoluto por qualquer opinião. Memes ou anúncios autopromocionais também não eram aceitos. "Não estamos interessados na sua carreira, mas na sua experiência de vida", alertavam. Alina ficou curiosa, então enviou uma breve mensagem explicando quem ela era. Depois foi dormir e se esqueceu do assunto. Uma manhã — dois ou três dias mais tarde —, enquanto respondia a seus e-mails no escritório, recebeu uma notificação do Facebook no celular. Havia sido admitida.

Alina vestiu a jaqueta, pegou a bolsa e desceu às pressas as escadas da galeria. Já na rua, abriu a página na tela do celular. A primeira coisa que ela notou foram as fotos de todas aquelas crianças de dois, três anos ou mais fazendo coisas com as quais ela nem sonhara: comiam sozinhas, andavam de triciclo, brincavam num balanço. Um vídeo que ela abriu várias vezes mostrava um ruivo caminhando por um corredor e subindo alguns degraus sem ajuda de ninguém. Se testemunhar o crescimento e o desenvolvimento de uma criança desperta entusiasmo, ver alguém assim superar tantos obstáculos é ainda mais emocionante. Os pais expressavam abertamente sua alegria por motivos que alguém alheio às circunstâncias teria considerado insignificantes. Algumas dessas crianças conseguiam falar. Suas famílias contavam as palavras de seu vocabulário como se cada uma constituísse um troféu. Os mais loquazes sabiam cerca de quinze, nunca mais de vinte, mas se comunicavam, e isso fazia uma grande diferença. Desde que havia dado à luz, Alina sentiu, pela primeira vez, algo semelhante a esperança. Estava convencida de que Inés — que no momento não mexia os braços nem as pernas — poderia chegar a fazer tudo isso e talvez mais. Ela se encarregaria de fazê-la conseguir.

O fórum abordava principalmente questões práticas. Como vocês dão banho no seu bebê? O que fazem quando as fraldas infantis são muito pequenas e as de adulto ainda não servem? Qual sua opinião sobre esse medicamento? O Facebook, pelo menos em minha experiência, é um lugar onde as pessoas costumam apresentar o melhor lado de si mesmas, seus melhores perfis, seus melhores sorrisos, suas conquistas no trabalho, muitos passeios e muitas férias, uma rede projetada para a própria exaltação e promoção. Ninguém costuma postar suas crises, seus fracassos ou os quilos extras. Poucos falam de suas doenças e, quando o fazem, são otimistas diante dos outros para atrair palavras de admiração e encorajamento. Esta página era diferente. Nela, as mães postavam coisas como "Estou muito frustrada que algo assim tenha acontecido comigo", "Tenho vergonha de apresentar meu filho", "Não consigo parar de me culpar" ou "Estou muito mais preocupada com meu futuro do que com o do meu bebê". Você realmente podia dizer tudo o que pensava. Havia um pacto implícito de compreensão, tolerância e confidencialidade. Ao ler os comentários que as pessoas postavam ali, Alina entendeu que uma das funções do grupo era criar um espaço em que pudessem expressar o que não podiam dizer em nenhum outro lugar, por medo de serem julgados, um espaço de escuta e de companheirismo. Não importava que os membros daquela comunidade vivessem em países diferentes, a partir de então Aurelio e Alina não estariam sós, como espécie única, confinada no apartamento; havia mais pessoas assim, e os dois estavam em contato com elas.

À tarde, ao voltar para casa, mostrou a Aurelio sua nova descoberta. Eles passaram muito tempo lendo as mensagens e assimilando juntos todas as informações que não vinham de artigos médicos, do Google ou da Wikipedia, mas de primeira mão. Depois de ler uma dezena de histórias, concluíram que havia diferentes tipos de lisencefalia e que, portanto, nem todas as crianças tinham as mesmas possibilidades de desenvolvimento. Alguns viviam em cadeira de rodas por dez anos, enquanto outros conseguiam andar antes dos cinco. Alguns até controlavam os esfíncteres. Como aconteceu com eles, todos foram informados de que seus filhos morreriam ao nascer; como aconteceu com eles, nenhum médico lhes dera esperança de que alcançariam um desenvolvimento significativo. Eles nem mesmo acreditavam que fossem capazes de ver e ouvir. Os livros diziam isso. Era cientificamente impossível. Seus novos amigos eram a prova viva de como a medicina podia ser limitada.

Um belo dia, as pombas partiram. Abandonaram o ninho como se deixa uma pele ou um casaco muito usado. Não havia mais manchas cinzentas no chão de minha varanda, e o cheiro voltou a ser o aroma silvestre das samambaias. A única coisa que restou delas foram as fotos e os vídeos que eu havia feito durante sua permanência ali. Às vezes, essas imagens apareciam em meu celular, junto com as da gravidez de Alina e de alguns livros da biblioteca. O pequeno pombo preto ainda me parecia muito perturbador. Agora que tinha ido embora, suas fotos me fascinavam. Que tipo de criatura seria aquela? Há muito tempo, quando eu praticava as artes divinatórias sem reservas, tinha lido que, apenas com sua presença, os pássaros nos trazem presságios de acontecimentos felizes e infelizes. A cria das pombas, aquele pássaro feio, como extraído de um céu eternamente nublado, havia nascido em minha própria casa, será que aquilo tinha algum significado? Eu não podia deixar de me perguntar.

II

Mais de dois meses transcorreram desde a última visita que fiz a minha mãe. No começo, fui eu que passei a evitá-la, sem imaginar que o afastamento poderia se estender por tanto tempo. Certo sábado, não fui ao café da manhã semanal em sua casa. Há dias em que não tenho paciência para me encontrar com ela. Não suporto que faça comentários sobre minha vida, que me dê conselhos para torná-la melhor, que aprove e desaprove minhas decisões. Liguei para ela de manhã cedo e, tapando o nariz, falei que estava gripada. Minha mãe concordou que eu não devia sair. Despediu-se de mim, não sem antes me dar uma série de recomendações: "Coma alho, faça gargarejos com sal e tomilho, tome vitamina C e, acima de tudo, use máscara, de repente é algo mais grave e você acaba passando para alguém". Já que eu não podia desfrutar de sua comida, deveria ingerir uma boa dose de seus conhecimentos ancestrais. Depois, durante a semana, ela me enviou várias mensagens perguntando se eu estava melhor e se havia seguido seus conselhos. Eu lhe respondi lacônica, sabendo que, se não o fizesse, sua reação despeitada seria desproporcional. Ela enviou mais algumas mensagens. Então — provavelmente movida por esse mesmo despeito — desapareceu por semanas.

Fingindo não notar, escrevi-lhe algumas mensagens convidando-a para ir ao cinema ou comprar plantas, mas ela não aceitou nenhuma de minhas propostas. Ontem, finalmente consegui que atendesse o telefone. Explicou-me que esteve muito ocupada nos últimos dias e não teve tempo de falar comigo. Ao longo dos anos, aprendi a reconhecer as insinuações de chantagem na voz de minha mãe, e ontem era muito previsível que elas aparecessem. No entanto, embora estivesse muito atenta, não detectei nenhum sinal de amargura ou ressentimento, tudo o que notei foi uma alegria tão autêntica que me surpreendeu.

— Você não vai me dizer por que está tão feliz? — perguntei. Mas, por mais que eu insistisse, ela não quis me dizer em que consistiam suas novas ocupações.

Ela parou de trabalhar há anos, e a única coisa que faz é passear pelo bairro. Que atividade tão interessante poderia ter encontrado no parque, na praça ou no mercadinho? Eu estaria mentindo se dissesse que não me importei. Por um lado, gosto de saber que minha mãe se entretém sem minha ajuda, mas também fico preocupada que seja uma recaída: logo depois que se separou de meu pai, teve uma fase em que ela colecionava namorados. Levava para nossa casa todos os homens que conhecia, ou pelo menos era isso que meu irmão e eu dizíamos um ao outro enquanto os observávamos desfilar de cueca por nossa cozinha. Por fim, depois de se cansar do arriscado método de tentativa e erro, ela estacionou num relacionamento à distância com um australiano que não gostava de aviões, até que o caso acabou.

— Você está saindo com alguém? — perguntei.

— Não só com uma pessoa, mas várias — ela respondeu, brincalhona. — É algo totalmente novo para mim. Vou te contar ao vivo quando nos encontrarmos.

— Por que você não me diz agora? — insisti.

— Porque você vai me julgar. Você sempre faz isso, já estou cansada.

12

Incentivada pelas histórias que leu na internet, Alina decidiu iniciar a fisioterapia. O consultório da dra. Parra estava localizado num prédio da década de 1940 da *colonia* Narvarte. Tratava-se de um espaço luminoso, cheio de brinquedos, como o quarto de uma criança de três ou quatro anos, muito diferente do de Inés. Na primeira visita, a médica a deitou na cama e pôs uma luz muito forte em seu rosto. A garota fechou os olhos e começou a grunhir. Em seguida, a terapeuta desligou o refletor e aproximou dela um chocalho. Inés procurou a origem daquele som balançando a cabeça por um momento e, assim que conseguiu se concentrar nele, continuou sua trajetória, mas parou quando o chocalho cruzou para o lado direito.

— Acho que esse olho não vê bem — arriscou Alina, enquanto a médica continuava com os testes.

— Os olhos dela funcionam perfeitamente. O problema é o pescoço — disse. — Ele está paralisado, por isso não se vira. Vamos trabalhar com esses músculos.

Quando saíram de lá, Alina estava radiante. Por fim, um médico havia aceitado prontamente que sua filha não era surda nem cega. Se isso era possível, qualquer coisa era. Ajeitou Inés no carrinho, amarrou as alças e deu-lhe um beijo cheio de orgulho e gratidão.

Uma vez por semana eles a levavam à terapia para estimular sua visão, sua audição e seus movimentos. A médica a colocava em posições incômodas usando bolas e rolos, forçando-a a se mexer e desenvolver o controle de seus músculos. Eles tinham de repetir os exercícios em casa pela manhã e à noite.

Inés fazia isso com relutância. Ela enrijecia o corpo por completo, tentando impedir que a movimentassem. A fisioterapia obviamente a incomodava. Quando Alina me contou tudo isso, pareceu-me completamente lógico:

— Sua filha é uma taurina sem tirar nem pôr — eu lhe disse. — A motivação deve partir dela. Se não, ela vai resistir.

Cerca de três semanas depois, Inés começou a sabotar as visitas à terapeuta. Se ao sair de casa estava muito atenta, observando os pedestres do carrinho, os cachorros e as copas das árvores, assim que entrava no consultório se desconectava totalmente e não havia força humana que conseguisse acordá-la. Era muito frustrante, sobretudo para sua mãe, que lutava inutilmente, soprando em seu rosto ou espirrando água fria nele. A médica, resignada, deixava-lhe exercícios para fazer em casa, mas não tinha como avaliar seu progresso. Nos meses seguintes, visitaram outros especialistas, tanto de hospitais públicos como privados. Em todos eles, a reação de Inés foi a mesma.

13

Nicolás comeu durante toda a semana em minha casa, e estou quebrando a cabeça para encontrar comidas que, sem deixar de ser saudáveis, não sejam repulsivas para ele. Se algo não o atrai, não insisto para que experimente. Não sou sua mãe, nem mesmo sua parente, não é meu dever obrigá-lo a se alimentar. Além disso, o que vou fazer se de repente ele tiver um de seus ataques de fúria aqui em meu apartamento e começar a quebrar tudo? Por via das dúvidas, esta manhã coloquei numa gaveta os objetos de valor que tinha à vista, incluindo as esculturas de Gustavo Pérez que comprei em Xalapa há dois anos. Depois do almoço, levo-o para passear, sempre garantindo que ele tenha tempo para fazer o dever de casa. De vez em quando ele vai até sua casa, seja para ir ao banheiro — não gosta de fazer cocô nem de dormir em outro lugar —, seja para verificar se não aconteceu nada de grave com sua mãe, que ainda está triste, mas bem viva, e que também não o abandonou.

Embora a convidemos com frequência, Doris nunca quer se juntar a nós.

— Ela se sente mal — digo a Nicolás para desculpá-la. — É melhor que continue dormindo.

— Você acha que ela vai ficar boa? — ele me perguntou ontem à tarde, enquanto eu lhe servia um copo de leite. — Acho que está ficando cada vez pior.

Mas Doris não está doente do corpo, e sim deprimida, e, embora eu não conte a Nicolás, esse estado pode durar anos.

— Existem doenças que levam várias semanas para sarar, como a mononucleose. As pessoas se sentem fracas como se tivessem sido espancadas.

Percebi que essa palavra o incomodava.

Eu me pergunto quantas coisas Doris ainda não me contou sobre seu falecido marido. Também me pergunto se quero sabê-las.

Sempre que vamos ao parque, levo um livro na mochila para ler enquanto Nicolás interage com as outras crianças no parquinho, mas devo admitir que nunca o tirei lá de dentro. A responsabilidade de cuidar do filho de outra pessoa é muito grande. Como explicaria para sua mãe se ele se perdesse ou se machucasse?

No sábado, enquanto estávamos lá, uma garota se aproximou de mim com outro panfleto do coletivo feminista.

— Não o jogue fora — ela me disse. — Este papel pode salvar sua vida.

Sem tirar os olhos de Nico, que naquele momento subia pela parte da frente do escorregador, convidei-a a sentar ao meu lado e pedi que me contasse um pouco mais sobre o grupo. Fiquei sabendo que os membros da La Colmena resgatavam mulheres em situação de risco. O coletivo era grande, tinha três sedes na cidade, e uma delas ficava justamente em nossa *colonia*, na rua Turín. A menina pensava que eu fosse a mãe de Nicolás. Prometeu-me que ela e as companheiras encontrariam ajuda para cuidar de meu filho, e também apoio emocional se precisasse.

14

Há pessoas que veem o infortúnio como uma doença contagiosa, preferindo ficar longe daqueles que enfrentam um sofrimento crônico, sejam eles os próprios pais ou seus melhores amigos. Depois do nascimento da filha, Alina renovou as amizades. Algumas deixaram de se comunicar, enquanto outras — incluindo pessoas que ela mal via antes — se aproximaram. Foi o caso de Mónica, uma bióloga animalista que ela conhecera na Universidade de Guanajuato enquanto fazia sua licenciatura e que agora vivia, como ela, na Cidade do México.

Mãe solteira de uma garotinha chamada Carina, vivera tranquila durante quatro anos, cuidando sozinha da filha e dando-lhe toda a atenção até o momento em que começou a frequentar a escolinha. Uma tarde, meses depois do início das aulas, Mónica foi chamada à diretoria da escola, onde a esperavam a proprietária e a psicóloga. Lá, logo de cara, anunciaram que sua filha tinha um severo atraso mental e recomendaram que ela procurasse outra instituição, especializada em crianças como ela. Carina era filha única e Mónica não tinha sobrinhos com quem compará-la. Durante o primeiro ano, ela a levara ao pediatra todos os meses, como aconselhavam os mais conservadores, e dera-lhe todas as vacinas. Mãe e filha sempre mantiveram um vínculo simbiótico, e a comunicação entre elas fluía sem obstáculos. Se Carina estava com fome ou com sono, Mónica sabia só de olhar para ela. O mesmo se ela estivesse doente. Agora, aquelas duas estranhas afirmavam conhecer a filha melhor do que ela, ou pelo menos saber de algo fundamental de que Mónica nem suspeitava. Sentada ali, na diretoria daquela escolinha de bairro, ela tinha vontade de perguntar se estavam mesmo falando sobre sua filha, mas as duas eram tão arrogantes que ela preferiu não fazer perguntas. Abreviou a conversa o máximo que pôde e nunca mais pôs os pés naquele lugar. Uma semana depois, os encefalogramas confirmaram o diagnóstico. O caso de Carina não era uma exceção. Muitas crianças com deficiência intelectual não são identificadas antes dos sete ou oito anos, até que um belo dia, na aula de ginástica ou jogando futebol, sofrem uma forte pancada no crânio e têm de fazer uma tomografia computadorizada. É assim que os pais descobrem que seu filho nasceu e sempre viveu com apenas uma pequena porcentagem de capacidade cerebral.

Nos meses que se seguiram à reunião com a diretora, Mónica se empenhou em consultar especialistas em desenvolvimento motor. Quando Inés nasceu, ela já se convertera em expert. No parque ou na rua, reconhecia os sinais apresentados por crianças com uma condição cerebral diferente da normal. Ela conhecia todos os neurologistas infantis da cidade, os fisioterapeutas e também uma rede de mulheres com crianças como a dela que se aconselhavam mutuamente. Eram, por assim dizer, as antecessoras de Alina, mães corajosas que haviam passado por algo semelhante e que, de alguma forma, suavizavam o caminho para ela.

— Vou te dar dois conselhos — disse Mónica, na primeira vez que as visitou. — Contrate uma boa babá e procure a dra. Salazar. É a melhor do país. Não perca tempo com outros fisioterapeutas.

15

Um dia, acordei morrendo de vontade de comer ovos à mexicana. Eu não os comia desde que minha mãe e eu tínhamos nos distanciado. Era inútil pedi-los num restaurante ou café; ninguém sabe prepará-los como ela. Era sábado, então peguei o celular e tentei ligar para seu telefone fixo com a intenção de me convidar para o café da manhã. Fui atendida por sua nova secretária eletrônica: "Você está falando com a casa da família Ruvalcaba", ela dizia, como se não morasse sozinha havia mais de dez anos. "Neste momento não podemos atender. Mas você pode deixar uma mensagem depois do sinal." Perguntei-me se o plural era retórico ou se havia outra pessoa morando com ela. Resolvi deixar uma mensagem e, embora tenha esperado mais de meia hora com o celular na mão, não obtive resposta. Saí do prédio e fui ao Café Nin, que nos fins de semana está sempre abarrotado de gente. Diante da porta, famílias inteiras esperavam: pais, filhos e também avós, conversando descontraídos. Enquanto observava uma dessas senhoras, fiquei pensando como minha mãe teria sido se tivesse tido os netos que nem meu irmão nem eu quisemos dar a ela. Com certeza se comunicaria com mais frequência conosco, em vez de desaparecer por semanas. Conhecendo-a, sei que ela gostaria de se envolver a fundo na educação dos netos, o que sem dúvida teria me tirado do sério. Ao mesmo tempo, estou certa de que nenhuma aventura amorosa a teria impedido de tomar café da manhã conosco. Pensar nisso fez com que eu me sentisse traída: como não tinha filhos, como não havia cumprido por completo o destino que ela imaginou para mim, era muito mais fácil dispensar minha companhia.

Para ser sincera, nunca me dei muito bem com minha mãe. Embora nos amemos muito, nossos encontros são cheios de atrito e às vezes também de faíscas dolorosas. Como ela diz, estou sempre questionando o passado, e parece que nada do que faço está bom para ela. As filhas costumam ver nos erros da mãe a origem de todos os seus problemas, e as mães tendem a considerar nossos defeitos como prova de um possível fracasso. Para evitar conflitos, optei nos últimos anos por não revelar todos os meus pensamentos, escondendo meus gostos e minhas fobias, tornando-me o mais opaca possível para evitar seus comentários afiados, mas nunca teria me ocorrido ficar sem ela. Estaria mentindo se dissesse que não preciso de minha mãe; quando ela não está, sinto-me sem rumo. "Se você não sai de casa, acaba sufocando; se vai longe demais, fica sem oxigênio", afirma Vivian Gornick com toda a razão.

No entanto, estar sozinha também tem suas vantagens. Permitiu-me, por exemplo, conseguir um lugar no balcão do café e passar na frente da multidão que esperava por uma mesa. Antes de fazer meu pedido, voltei a conferir o celular. Minha mãe continuava sem dar sinal de vida. "Você está bem?", digitei com um pouco de raiva. "Pelo menos me responda para me tranquilizar." Dez minutos depois, chegou uma mensagem. "Estou bem, filhinha. No meio de uma reunião. Te ligo quando acabar."

16

Uma tarde, quando Alina já não estava mais esperando, Mónica ligou para anunciar:

— Consegui uma babá para você.

Disse-lhe que se tratava de uma pessoa excepcional que ela conhecia muito bem. Tinha estudado puericultura, trabalhara como ajudante numa escola Montessori e, depois, com uma família de amigos de Mónica.

— Você acredita nisso? — perguntou. — Saíram de férias para a Europa por dois meses sem lhe pagar o salário. Eles não percebem o que estão perdendo! Pense nisso, mesmo que não precise agora, você precisará dela mais tarde.

A descrição deixou Alina curiosa. Aurelio a essa altura preferia que a própria mãe assumisse os cuidados com a neta, mas Alina discordava, e com toda a razão: como ela poderia repreender a sogra se falhasse em alguma coisa?

Por sugestão de Mónica, a babá foi ao encontro deles numa manhã de quarta-feira. Era muito diferente das outras que haviam entrevistado. Não era nem estudante nem avó, mas uma mulher de trinta anos, sem filhos e muito autoconfiante. Chamava-se Marlene. Tinha o cabelo castanho e curto. Seus olhos, de uma cor entre o verde e o cinza, cintilavam por trás dos óculos de metal, com o brilho da inteligência. Contou-lhes de seu amor por crianças e sua experiência nas escolas Montessori. Gostava do método e, a certa altura, sonhou em se formar como assistente, mas o curso era muito caro e ela não tinha dinheiro para pagá-lo.

— Crianças são minha paixão — disse ela. — Sei que posso ajudá-las a aproveitar a vida e a descobrir suas possibilidades.

Eles explicaram seu caso particular: possibilidades, Inés não tinha muitas. Além do mais, era provável que morresse a qualquer momento, inclusive poderia acontecer enquanto Marlene estivesse cuidando dela.

Alina examinou o rosto da jovem muito bem para ver sua reação. Nos últimos meses, ela aprendera a detectar medo, rejeição e pena nas pessoas que entravam em contato com Inés. Marlene não demonstrou nenhuma dessas emoções, e sim uma curiosidade quase ávida, próxima à do cientista que encontra um tema interessante para sua pesquisa. Perguntou o nome exato da síndrome, os prognósticos médicos, e não desistiu quando lhe mostraram os encefalogramas, semelhantes aos rabiscos de uma criança de dez meses a quem é oferecido um lápis, um desenho abstrato no qual era muito difícil, talvez impossível, encontrar um ritmo ou uma frequência. Ela tirou da bolsa um pequeno caderno de capa dura no qual anotou todas as respostas. Também perguntou sobre os horários e comidas favoritas de Inés. Alina gostou dessa curiosidade meticulosa e também que expressasse livremente seu ponto de vista:

— Fazer comparações com outras crianças é inútil. Será Inés, e só ela, que nos mostrará seu destino, não os médicos que cuidam dela. Ela vai decidir se quer fazer progressos ou não. Todo ser humano tem um potencial. Se ele tiver as condições adequadas, tenho certeza de que o desenvolverá ao máximo, como todas as crianças fazem. Estamos no início de uma vida; a partir daqui, tudo pode ser lucro.

Depois dessa afirmação, Aurelio se convenceu.

— Quando você pode começar? — perguntou.

— Se vocês quiserem, hoje mesmo.

Eles apertaram as mãos, diante do olhar surpreso de Alina pelo entusiasmo do marido.

Foi assim que Marlene entrou na vida de Inés e sua família. A partir daí, começou a ir ao apartamento todos os dias.

Chegava às oito e meia, quando Alina e Aurelio se preparavam para os respectivos empregos. Ela se encarregava dos exercícios de Inés, alimentava-a e trocava a fralda enquanto conversava com ela. Punha cúmbias para tocar e cantava canções infantis para Inés. Em vez de deixá-la no berço, envolvia-a num sling verde-claro e pendurava-a no peito ou nas costas, como fazem as indígenas. Afirmava que esse método inspirava confiança em crianças pequenas. À tarde, Alina voltava para casa e as duas repetiam a última série de exercícios. Finalmente, Aurelio chegava e era ele quem se encarregava de lhe dar banho e a última mamadeira.

Logo ficou claro para eles que Marlene trabalhava para Inés, e não para os pais. Era ela que Marlene queria manter feliz e satisfeita. Se algo mais precisava ser feito, ela o fazia depois de se certificar de que a bebê estava limpa e alimentada. Não era apenas sua cozinheira, terapeuta e cuidadora, também se converteu em sua porta-voz. Às sextas-feiras, ao meio-dia, almoçavam todos juntos, e era então que Marlene lhes dava as notícias do dia:

"Hoje Inés cooperou muito durante os exercícios."

"Hoje ela estava um pouco apática."

"Hoje ela se manteve por muito tempo encostada no rolo."

Mas também arriscava frases como:

"Inés quer ver as árvores. Ela se pergunta quando vão levá-la ao bosque."

Longe de se inquietar com isso, Alina e Aurelio ficavam gratos e a levavam a sério. Era óbvio que sua filha estava feliz. Com ninguém se mostrava mais alegre do que com Marlene, que não era mais chamada de "babá", e sim de "melhor amiga de Inés".

17

O cabelo da dra. Salazar era curto, rente ao crânio, sua voz era rouca, potente, e suas mãos, enormes, seguravam com força ao cumprimentar. A primeira impressão que Alina teve daquela mulher alta e robusta foi que ela parecia um sargento. Seu consultório era sóbrio, quase monástico. Em suas paredes havia imagens e pinturas religiosas, especialmente um grande Cristo curando leprosos. Dessa vez Inés não adormeceu na mesa, como fizera com os outros fisioterapeutas. Pelo contrário, ela parecia inquieta, até um pouco assustada. A dra. Salazar segurou-lhe os pés com suas grandes mãos e começou a manipulá-los com movimentos bruscos, enquanto dizia: "Vamos ver como você mexe as pernas, Inés. Faça assim, de cima para baixo. Preste atenção. Primeiro para cima e depois para baixo". Então a puxou em sua direção, segurando-lhe as coxas como se tentasse deslocar sua virilha. Alina procurou o olhar de Aurelio, mas ele não percebeu. Observava com uma expressão perplexa o que aquela mulher fazia com sua filha. Inés não estava muito contente, mas em vez de se desconectar, ela apenas resistiu.

— Mexa as pernas! — a mulher insistia, mas a menina havia se transformado numa tábua, a tal ponto que era possível elevar seu corpo inteiro tentando levantar apenas seus pés. De repente, a médica interrompeu a terapia. Parou de falar por um momento enquanto olhava fixamente para Inés.

— Olhe só, garota — disse a ela. — Você tem um problema muito sério. Se você não fizer nada a esse respeito, vai morrer ou vai viver muito mal. Você será como um trapo, e seus pais não querem isso. Você também não. O que você quer é tornar sua vida mais fácil e fazê-los felizes. Portanto, precisamos que você coopere nisso. Estou aqui para ajudá-la, não para lutar com você. Ajude-se também.

— Você acredita? — Alina me perguntou enquanto me contava a cena. — Ela a repreendeu como se Inés fosse uma criança de cinco anos!

— E como Inés reagiu?

— Com muita atenção. Seus olhos se arregalaram mais do que nunca e seu corpo se encolheu como um molusco se escondendo na concha.

Em seguida, a médica retomou os exercícios, contando em voz alta: *uuuum, doooois, trêêêês*. Agora, em vez de resistir, Inés afrouxou os músculos e permitiu que ela continuasse.

Outra mãe, talvez, ficasse chateada por uma mulher falar tão rudemente com seu bebê, sobretudo uma criança com tanta dificuldade de se mover. Não foi o caso de Alina. O que ela sentiu quando viu que sua filha entendia, ou pelo menos captava a mensagem de outro ser humano, foi algo parecido com entusiasmo.

No final da consulta, a dra. Salazar sentou-se atrás de sua mesa.

— Essa garota entende. Obviamente, não palavra por palavra, mas o sentido. Tenho certeza de que pode conseguir algo. Ainda não sei o quê, mas vale a pena continuar vindo.

Alina e Aurelio ouviram em silêncio, ponderando se concordavam com os métodos da fisioterapeuta.

— Vou deixar isso muito claro — continuou dizendo Salazar —, se vocês quiserem que Inés melhore, têm que trabalhar com ela todos os dias e fazer exatamente o que eu lhes disser para fazer. Se não fizerem os exercícios, vou perceber e lhes falar. Também serei honesta se vir que a terapia não está funcionando, se a menina piorar ou se der sinais de que vai morrer. Gosto de dizer as coisas sem rodeios.

Começaram a ir aos sábados, pouco antes do meio-dia, num horário especial que a fisioterapeuta abriu para eles, mas acima de tudo trabalhavam em casa. Às nove da manhã, Aurelio, Alina e Marlene se reuniam para fazer os exercícios. Quando Inés resistia, Alina a advertia com firmeza, seguindo o exemplo da doutora-sargento: "Comporte-se, Inés! Colabore! Se você não fizer bem a terapia, vão repreender a todos nós". Durante as sessões, eles se deram conta de sua própria falta de coordenação. Tinham de fazer as coisas exatamente como a médica indicava: segurar uma perninha com a mão direita, enquanto puxavam o braço com a esquerda em movimentos alternados, mas eles achavam difícil, e Salazar os repreendia com frequência.

18

Ser babá de um bebê como Inés exige um caráter muito peculiar. Nem todos podem lidar com as tarefas. É preciso ter muita energia, responsabilidade, bom senso e, acima de tudo, estar apaixonado pela criança. Marlene tinha todas essas qualidades. Ela frequentemente excedia suas horas de trabalho. Se Alina e Aurelio saíam para jantar, ela ficava até meia-noite. Em setembro, deram-lhe as chaves da casa e a possibilidade de entrar e sair quando quisesse. A partir de então, ela aparecia nos finais de semana sempre que Inés estava gripada ou se por algum motivo ela imaginava que a criança ia precisar dela. Uma de suas maiores virtudes era a organização. Mantinha o armário da menina muito bem-arrumado e também o trocador. De vez em quando, ela mudava de lugar algum sofá na sala ou arrumava o quarto de casal de maneira sedutora. Alina achava um pouco constrangedor vê-la dentro de seu quarto, mas fazia o possível para não demonstrar. Certa vez, teve que lhe pedir rispidamente que não dobrasse suas roupas, mas Marlene não se ofendeu, como temia. Quando ela voltou do trabalho naquela tarde, foi recebida com um bolo *tres leches*. "Inés e eu estávamos cozinhando", disse ela, sem deixar de lavar a louça, enquanto a garota pendia de suas costas, envolta no sling verde. O cheiro que saía do forno era sublime e, embora Alina fosse pouco tolerante à lactose, não teve escolha a não ser comê-lo.

Uma tarde, pouco antes das duas, Marlene notou que as janelas do apartamento estavam rangendo. As portas começaram a bater e em poucos segundos todo o lugar estava tomado por um movimento frenético. Ela pegou a garota nos braços e desceu correndo as escadas, sem pensar. Os pais de Inés viviam num bairro particularmente sísmico, onde os prédios tendem a desabar de repente e os moradores saem às quatro da manhã, ainda de roupa íntima, ao menor movimento telúrico. Uma vez do lado de fora, Marlene percebeu que não tinha trazido a comida. Havia muita gente na rua. Marlene reconheceu alguns dos vizinhos, incluindo a idosa do terceiro andar, que saíra com seu cachorro. Pôs a menina em seus braços e voltou a entrar no prédio para procurar a sacola com o leite e as mamadeiras, apesar dos gritos alarmados dos vizinhos que imploravam para que não o fizesse. Felizmente, a construção resistiu e Marlene voltou ilesa para a porta da frente, com a sacola de fraldas no ombro como um troféu. Graças a sua intrepidez, Inés se manteve seca, aquecida e sem fome durante a eternidade que seus pais levaram para atravessar a cidade caótica. Ao chegar, Alina abraçou a filha e a cobriu de beijos. Logo, a sensação de alívio se dissipou e deu lugar a uma culpa sombria, onipresente. Durante toda a tarde, ela se perguntou se não estava delegando suas responsabilidades maternas à babá. À noite, entrou na página de uma loja sueca especializada em roupas infantis e comprou uma série de vestidos para o outono.

19

Ao contrário do que ocorre em nosso bairro, no parque da *colonia* onde Alina mora há mais cachorros do que crianças. Os mesmos jovens com piercings e barbas abundantes, que em minha rua empurram carrinhos de bebê, passeiam ali com cães de todas as raças possíveis ou de nenhuma raça específica. É como se, depois de pesar os prós e os contras, seus habitantes tivessem decidido — com muito mais leveza do que nós — que adotar um filhote era preferível à reprodução. Nesse parque, as pessoas com cães socializam como fazem os pais das crianças no pátio da escola. Falam sobre a personalidade e a biografia de seus animais de estimação, compartilham suas gracinhas, comparam o comportamento de diferentes raças, explicam seus gostos e suas doenças.

Os cães são filhos de baixa intensidade: dão-lhe carinho, alegria e lealdade. São criaturas ternas que precisam ser cuidadas, mas que de forma alguma o impedem de ter uma vida. Se você for viajar, pode mandá-los para um hotelzinho de animais. Se eles o incomodam, também. Fico com raiva de pensar que algumas pessoas até batem neles, sem que ninguém as ponha na cadeia por isso. Os cães não fazem perguntas. Caso se ofendam, demonstram-no timidamente e dura muito pouco. Em todo caso, não podem processá-lo e não podem exigir que você lhes pague um psicanalista. Em vez de necessitar de uma babá, precisam apenas que alguém os leve para passear por algumas horas. É verdade que nunca se tornam independentes, mas também é verdade que vivem pouco tempo, com sorte dezoito anos. Quando adoecem ou envelhecem, muitos de seus donos optam pela eutanásia — preferem dizer que os põem para dormir — sem enfrentar problemas legais, nem mesmo questionamentos prévios. Sei que há muita gente que os trata bem e cuida deles como se fossem um membro da família, mas isso não diminui a tristeza que a vida deles produz em mim. Quando Inés passeava de carrinho no parque, interessava-se muito por eles. Um dia começou a imitar seus latidos.

20

Seis meses depois de ter sido contratada, Marlene entrava nas consultas médicas como se fosse uma irmã ou um membro da família. Lá dentro, conversava com os médicos e às vezes os pressionava para obter o máximo de informações possível. Essa personalidade forte e obstinada também tinha seus aspectos desagradáveis. Passar tantas horas com Inés lhe conferia uma autoridade da qual ela às vezes abusava. Uma noite, por exemplo, depois de fazer a última série de exercícios, em vez de levá-la para o pai, que preparava a banheira, Marlene trocou sua fralda e vestiu-lhe o pijama.

— Ainda precisamos dar banho nela — Alina comentou gentilmente, pensando que Marlene tinha se distraído.

A babá nem olhou para ela.

— Inés está muito cansada — disse-lhe, ao terminar de abotoar o macacão dela. — Hoje é melhor que ela vá direto para a cama.

— Tomar banho com o pai é sua hora favorita do dia. Além disso, vai ser bom para ela se refrescar na água.

Com toda a desfaçatez do mundo, Marlene continuou com seus preparativos de dormir.

— Estou dizendo que vamos dar banho nela! — Alina respondeu, já francamente irritada, enquanto resgatava a filha das mãos de Marlene. Sentindo a tensão entre a mãe e sua cuidadora, Inés começou a chorar.

Aurelio apareceu na porta.

— Está acontecendo algo?

A babá respondeu rapidamente:

— Inés não quer se molhar.

— Nesse caso, suspendemos o banho — respondeu ele, ingênuo.

— Eu acho que ela tem que tomar banho. Isso a fará dormir melhor — Alina protestou.

— Querida, Marlene conhece nossa filha perfeitamente. É sua melhor amiga. Deixe que nos fale do que ela precisa — respondeu ele com um sorriso, pondo a mão no ombro da jovem.

Seu estômago se contraiu de raiva, mas preferiu não dizer mais nada no momento. Permitiu que Marlene fizesse a bebê dormir; foi fumar na varanda e prometeu a si mesma falar seriamente com Aurelio assim que a outra fosse embora. Quando isso aconteceu, ele defendeu a babá, como sempre.

A partir de então, ficou difícil para ela conviver com Marlene. Se antes, quando voltava do trabalho, ficava feliz ao encontrá-la cantando cantigas de roda no quarto da filha, agora sua presença a incomodava. Não gostava de abrir a porta do apartamento e ver sua bolsa de pano suja ou seus tênis surrados sob o cabideiro; nem descobri-la comendo em sua cozinha. Suspeitava que essa animosidade fosse mútua. Com certeza Marlene não gostava de vê-la aparecer naquele território expropriado, do qual ela era ama e senhora durante a manhã. Ambas se evitavam.

Todas as tardes, ao voltar da galeria, Alina verificava a caixa de correio para interceptar, antes que Aurelio os visse, os avisos enviados pelo banco recordando-lhe sua dívida. Pouco depois do incidente do banho, encontrou um daqueles envelopes abertos. Dessa vez, não pôde deixar de puxar a carta e ler a quantia, quase o dobro que da última vez por causa dos juros. Sua cabeça girou. Gostaria que eles cancelassem seu cartão novamente ou que ela mesma o devolvesse, encerrando a conta para sempre. Mas para isso era preciso primeiro pagar. Com as mãos trêmulas, pegou o isqueiro dentro da bolsa e ateou fogo ali mesmo. Por mais que tentasse se convencer do contrário, não conseguia descartar a ideia de que fora Marlene quem abrira o envelope. Há quanto tempo ela estaria espiando sua correspondência? O que ela faria se Marlene a entregasse? Trancada na cozinha de seu apartamento, ensaiou as frases ferinas com as quais a despediria por causa de sua bisbilhotice, mas algumas horas depois, quando finalmente recuperou a razão, mudou de ideia. Como única medida preventiva, prometeu contar a Aurelio seus problemas financeiros o quanto antes, assim que encontrasse o momento certo.

21

Desde que recebi o segundo panfleto, fiquei com muita vontade de ir conhecer o coletivo feminista do bairro. Uma tarde, depois de meu segundo café, fui com Nicolás à rua Turín, onde acontecem suas reuniões vespertinas.

A sede da La Colmena, na *colonia* Juárez, é uma antiga casa senhorial, que deve ter sido suntuosa uns dois séculos atrás e agora busca uma funcionalidade isenta de afetação. Tem uma horta, um pátio com móveis de jardim cobertos com grossas mantas coloridas e uma pequena biblioteca — em que cheguei a ver um livro de Rita Segato e outro de Claudia Rankine —, além de uma sala que funciona como creche. Embora não tenha visto dormitórios, me explicaram que uma parte da casa serve de albergue. Os fundos provêm das doações que cada pessoa faz ou consegue angariar entre seus conhecidos. Além de diversos horários de creche, La Colmena oferece apoio legal e psicológico a qualquer mulher que o solicite, e também oficinas de autodefesa. Disse a mim mesma que deveria informar Alina e Doris sobre essa descoberta. Por razões diferentes, o coletivo podia ser bom para nós três.

Rapidamente, Nicolás descobriu qual era o espaço reservado a ele: uma grande sala de pé-direito alto, na qual haviam disposto mesas com massa de modelar, aquarelas e papéis para fazer origami. Uma adolescente recebia as crianças com entusiasmo e as convidava a se sentar.

Nós, as mulheres, nos reunimos numa sala adjacente, em que algumas estavam pintando faixas e cartazes. Deviam ter entre dezoito e quarenta anos, e pertenciam a diferentes classes sociais, algo bastante incomum na cidade. Conversavam animadamente entre si, com um entusiasmo que achei invejável. A garota que tinha me dado o segundo panfleto estava lá. Assim que me reconheceu, parou o que estava fazendo e se levantou para vir ao meu encontro. Explicou-me que levariam aquelas faixas para a manifestação de domingo.

— Me espere aqui. Quero te apresentar a Tzari. Ela vai coordenar a oficina das cinco. Hoje vamos falar sobre diferentes estratégias para enfrentar a violência. Acho que pode te interessar. Vou trazê-la para que você a conheça.

Procurei Nicolás com o olhar. Ele parecia feliz fazendo bonequinhos de massa e rodeado por outras crianças. Enquanto esperava, fiquei ouvindo a conversa das meninas que pintavam ao meu lado.

— Você já soube? — disse uma delas. — Ontem encontraram o corpo de outras três mulheres mortas em Azcapotzalco. — A que falava tinha longos cabelos grisalhos. Suas mãos estavam manchadas de tinta verde.

— Sim — respondeu a outra. — A três quadras da minha casa. Ouvi no rádio a caminho do trabalho e fiquei de mau humor a manhã toda. Hoje foi a Cidade do México, na semana passada Veracruz, há quinze dias Reynosa. Todas nós tínhamos que ir embora deste país machista.

— Eram adolescentes! — exclamou a primeira, colocando o pincel no chão. — O sujeito que as matou disse que elas mereciam porque eram vadias e que, se ficasse livre, faria de novo. Deviam empalá-lo. Ele e todos os estupradores — disse, com o rosto completamente vermelho e prestes a chorar.

Sua companheira não respondeu nada. As duas continuaram pintando num silêncio sombrio, alheias ao rebuliço da sala.

Então a garota do parque voltou para a sala com sua amiga Tzari, uma quarentona esbelta, cujos cabelos estavam cobertos por um lenço verde. Ela se apresentou brevemente e insistiu que eu ficasse para a reunião.

Senti uma vontade enorme de ficar ali com elas, de fazer, ainda que só por algumas horas, parte do grupo; falar com outras mulheres sobre o medo, a raiva e a impotência que também sinto quando ouço a contagem das assassinadas, mas eram quase oito horas e Nicolás nem tinha começado o dever de casa. Se o levasse mais tarde, Doris não ia concordar que eu saísse com ele de novo.

— Vai ser no hall de entrada — disse Tzari, apontando com o dedo indicador para a direita.

Foi então que a vi. Arrumava as cadeiras no espaço onde a reunião ia acontecer. Vestia uma saia longa que eu nunca tinha visto e se movia com a familiaridade de quem sabe muito bem o que está fazendo.

— Mamãe! — eu lhe disse. — O que você está fazendo aqui?

22

Ao contrário do que acontecera com os outros fisioterapeutas, o progresso com a dra. Salazar foi perceptível desde o início. Inés rapidamente adquiriu tônus muscular nas costas, nos braços e nas pernas e começou a bater os pés durante o banho. Também ficava mais desperta. Certa manhã, enquanto trocava sua fralda, Alina foi recompensada com um grande sorriso. Todos os sábados Marlene comparecia às consultas com eles, anotava os exercícios no caderno e tirava fotos com o celular. Depois, durante a semana, repetia as instruções ao pé da letra, com a paixão de um instrutor de academia: "Você consegue! Não se entregue! Só faltam mais cinco!". Cada obstáculo superado representava uma vitória pessoal para ela.

Inés também começou a reagir à música, desde que estivesse em volume alto. Suas canções favoritas eram: "Hit The Road, Jack" e "El Noa Noa". Assim que as ouvia, ela se movia energicamente como se estivesse dançando. Alguns meses depois, começou a controlar a cabeça: de barriga para cima no colchão ou no sofá da sala, conseguia levantá-la até tocar o peito com o queixo. Se alguém sustentasse suas costas, conseguia manter o equilíbrio por cinco minutos e, quando caía, fazia o possível para se endireitar de novo. A dra. Salazar apontou essa última conquista como um avanço importante e disse a eles emocionada: "Nunca imaginei realmente que conseguiríamos isso antes do seu primeiro ano. Inés está fazendo um progresso tremendo". Até o neurologista teve de admitir: "Há momentos em que a vontade dos pacientes supera qualquer prognóstico".

23

Pouco antes do primeiro aniversário da filha, Aurelio sugeriu a Alina que, em vez de dar uma festa infantil para amigos e parentes, eles fossem à praia. Ele tinha recebido um grande pedido e fechado o contrato com um adiantamento generoso. Tinham dinheiro suficiente para se hospedar num hotel boutique que Alina já conhecia.

A princípio, a proposta lhe pareceu fabulosa. Ela se imaginou deitada numa rede, onde enfim desfrutaria de um bom romance — desde o nascimento da filha nenhum dos dois tirara férias —, mas depois disse a si mesma que seria difícil preparar as papinhas na cozinha do hotel, especialmente sem ajuda doméstica.

— Não se preocupe — disse Aurelio para tranquilizá-la. — A ideia é que Marlene venha conosco.

Alina achou a ideia não apenas constrangedora, mas angustiante, no entanto Aurelio insistiu que fazer uma viagem juntos os ajudaria a se reconectar como casal.

— A outra opção é convidar meus pais. Pense nisso e me diga o que você prefere.

Naquela noite, Alina não conseguiu dormir. Ir à praia parecia maravilhoso, mas ir com Inés a deixava apavorada. Ela também queria acreditar em Aurelio e em sua tentativa de reaproximação, mas sua mente a traía: imaginava Aurelio se deixando hipnotizar pelo corpo seminu da babá, oferecendo-lhe uma toalha à beira da piscina e depois levando-a ao seu quarto, onde os dois transariam em silêncio enquanto Inés tirava uma soneca. Talvez a coisa entre eles já estivesse acontecendo há algum tempo, e ela, tão ingênua e distraída, nem tinha percebido. Todo mundo precisa de sexo, ela dizia a si mesma, e já fazia muito tempo que eles não tinham relações. Ela se perguntou o que faria se seu marido a traísse com Marlene descaradamente. Será que se atreveria a deixá-lo e assumiria os cuidados e as despesas da filha? E se, além de dormir com a babá, ele se apaixonasse e fugisse com ela? Mas por que justamente Marlene, e não qualquer outra mulher? Esgotada pela insônia, ela pensou de novo em despedir a babá, mas quase imediatamente se viu sozinha para cuidar da casa, e isso foi o suficiente para dissuadi-la. O despertador marcava quatro e quarenta e cinco quando se lembrou do frasco com a substância que a pediatra lhe dera. E se fosse ela quem sumisse, impondo a todos um castigo?

24

O hall tinha começado a ficar cheio de mulheres, de todas as idades. Algumas chegavam confiantes, cumprimentando todas as suas conhecidas com atitude brincalhona. Outras mais tímidas, ou talvez mais novas, se instalavam em alguma das cadeiras dispostas para a reunião, sem falar com ninguém.

Assim que me ouviu, minha mãe levantou o olhar. Parecia muito bem, menos cansada que de costume, inclusive mais jovem.

— Oi, Laura — ela falou. Parecia feliz em me ver. — Como você vê, estou organizando o espaço para a reunião de hoje. Como você está? Faz muito tempo que não tenho notícias suas.

Não respondi nada, e o silêncio se prolongou por alguns minutos muito constrangedores para mim, durante os quais minha mãe continuou fazendo seu trabalho.

— Faz alguns meses que estou vindo aqui — disse ela depois, para quebrar o gelo. — É um lugar muito interessante. Conheci um monte de gente.

— Por que você não me contou? — reclamei.

Agora foi ela quem demorou alguns minutos antes de passar para o ataque.

— Você não me conta quase nada da sua vida. Nem me apresenta às suas amigas. Por que eu deveria fazer isso, agora que também tenho amigas?

Antes que eu pudesse responder, a garota que estava cuidando das crianças no espaço de brincadeiras se aproximou, trazendo meu vizinho pelas mãos.

— Nós estávamos te procurando. Nicolás já quer ir embora.

Quando me viu, Nico abraçou minhas pernas, como de costume. Minha mãe me lançou um olhar de surpresa.

— Quem é esse menino tão bonito? — perguntou, adoçando a voz enquanto se abaixava para vê-lo de perto.

Com um gesto involuntário, afastei-o rápido, como se ela estivesse a ponto de mordê-lo e lhe transferir todo o seu veneno. Nem precisei olhar para ela para perceber seu ressentimento, como quando um cheiro muito leve, mas inconfundível, se espalha a nossa volta.

— É o filho da Doris, minha vizinha — respondi. — Estou tomando conta dele, e já é tarde. Desculpe-me, mas tenho que levá-lo para casa.

25

Uma semana depois, os quatro viajaram para Holbox, como Aurelio queria. O hotel não só era bonito e tranquilo, com uma vista excepcional, mas também tinha um spa onde os três recebiam massagens. Todos os dias a tensão ia abandonando seus corpos como quem expulsa um feitiço maligno. Ao contrário do que Alina temia, Marlene não andava pelo hotel de biquíni o dia todo, mas quando o fazia, o efeito de seu corpo exposto era humilhante como uma bofetada: tinha o abdome lisinho e as coxas firmes. Seus seios e a bunda estavam no lugar, sem mencionar o rosto jovial e sem olheiras. Alina não conseguia parar de se comparar a ela. Depois da gravidez, sua barriga tinha ficado cheia de estrias e, logo acima dos pelos púbicos, a cicatriz da cesariana se estendia de um lado a outro. A obstetra que a assistiu tinha tido a gentileza de fazer o corte o mais baixo possível para escondê-lo, mas ela não conseguia tirar os olhos dele sempre que se olhava nua num espelho de corpo inteiro. Sua cor marrom-escura, mas especialmente a maneira como a pele se espalhava sobre a marca como uma gelatina molenga, lhe parecia monstruosa. O umbigo também não havia recuperado sua forma original. Já Aurelio continuava tendo o corpo perfeito de sempre. Sua pele não se esticara como a dela e, portanto, não ficara flácida. Para ser pai, bastara ejacular um jato de esperma dentro dela, um gesto de frivolidade insultuosa, tão fácil que poderia repeti-lo quantas vezes quisesse, e com um número ilimitado de mulheres, como uma abelha que vai polinizando flores no campo. Quem garantia que não voltaria a acontecer? Para não pensar nisso, Alina preferia sair cedo do quarto, nadar até a exaustão e depois passear pelo hotel; concentrar-se na beleza a seu redor, nas nuvens, na luz, nos sorrisos de sua filha.

Naquela semana, chegaram ao meu celular fotos de Inés de maiô, boné e óculos escuros, ou no colo do pai dentro da piscina. Também ela aproveitou as férias: em vez de fazer fisioterapia três vezes ao dia, só se exercitava de manhã e à noite. Dormia com a babá num quarto próximo, localizado no mesmo andar, mas sem vista para a praia, num berço portátil que tinham levado da Cidade do México.

Aurelio saía muito cedo para correr à beira-mar; enquanto isso, Alina ficava dormindo. Ele entrava no quarto sem fazer barulho e, depois de tomar uma ducha, já de roupa de banho, a acordava com delicadeza. Por volta das dez e meia, eles se reuniam no restaurante do hotel para o café da manhã. Ali, Aurelio e Marlene conversavam e riam com notável bom humor. Alina, por sua vez, apenas espreitava os olhares de cumplicidade entre eles, discretamente se certificando de que seus pés não estivessem se tocando por baixo da mesa. Passavam o resto do dia lendo na praia ou na piscina, enquanto Inés cochilava. Marlene cuidava da maior parte da logística. Por volta das sete horas, levava a menina para seu quarto, e as duas só apareciam na manhã seguinte.

Todas as noites, Alina e Aurelio caminhavam à beira-mar antes de ir tomar um último drinque. Foi durante uma dessas caminhadas que ela finalmente se atreveu a contar-lhe sobre a dívida que contraíra.

— Mas é uma loucura! — ele disse. — Com esse dinheiro podíamos ter trocado de carro!

Alina não respondeu. Preferiu omitir o fato de que continuava comprando on-line sempre que a angústia se apoderava dela e aumentou a quantia dos juros.

Aurelio conhecia muito bem essa sensação de opressão. Durante a juventude, já havia estado mais de uma vez na empresa de crédito, tentando tirar do papel vários projetos, e aprendeu que sempre há uma maneira de renegociar as dívidas. Ao contrário dele, Alina era muito pontual no pagamento do cartão. Realmente devia ter enlouquecido para fazer algo assim. Por outro lado, o hermetismo da esposa o exasperava. Tinha lidado com o problema sozinha todos esses meses, sem falar sobre isso com ninguém? Tentou descobrir pela expressão em seu rosto, mas ela só olhava para a frente, hipnotizada pelo balanço das ondas.

— Não posso acreditar que você escondeu isso de mim. É como se você ocultasse que está havendo um incêndio em casa. Existe algum outro problema que você está escondendo de mim? — perguntou.

— Não — disse Alina, percebendo a insegurança em sua própria voz.

Então Aurelio mudou de atitude. Postou-se por trás dela e a abraçou pelas costas, numa atitude protetora.

— Assim que voltarmos, vou falar com seu banco. Você tem que confiar mais em mim. Não está sozinha. Agora somos uma família.

— Você não vai nos abandonar?

— Claro que não! — ele respondeu, ligeiramente indignado. — Desde que Inés nasceu, muita gente me fala isso. Se eu nunca duvidei, por que os outros duvidam?

— Bem, não acho isso estranho — disse ela, libertando-se de seus braços. — Você não seria o primeiro homem que abandona a família. Às vezes também me pergunto por que você ainda está conosco, se é por amor, culpa ou pena. Faz mais de um ano que não transamos. Vamos ficar assim pelo resto da vida?

— Alina, do que você está falando? É você quem me manda à merda toda vez que tento me aproximar!

— Sério? Quando foi a última vez que você tentou? No ano passado? Nem me lembro mais disso!

— Vamos ver se eu te entendo: você queria que eu continuasse insistindo por meses? Mais cedo ou mais tarde eu ia acabar me conformando, não acha?

— Ou acabar dormindo com outra pessoa!

Aurelio ergueu as sobrancelhas exageradamente.

— Você está falando sério?

— Não estou dizendo que você faz isso, mas com certeza quer fazer. Acho que, se você pudesse, transava até com a babá da sua filha. — Ela se arrependeu antes de terminar a frase. Era como se seus lábios ou seu corpo, ou a parte de seu cérebro gangrenada de ciúmes, tivesse ganhado autonomia e a estivesse traindo.

Aurelio não respondeu nada, sinal inequívoco de que estava furioso. Ele reagia assim sempre que algo o tirava do sério. Estabelecia entre ele e os outros um silêncio asséptico, uma barreira impenetrável. Enfiou a mão no bolso do moletom, tirou seu pacote de tabaco e começou a fazer um daqueles cigarros fininhos que ele gostava de fumar. Alina viu várias vezes o rosto de Aurelio iluminado pelo fogo, até que a brisa permitiu que ele acendesse o papel. Tinha o cenho contraído e seus olhos pareciam estar cheios de lágrimas. Gostaria de se aproximar, pegá-lo pela mão e pedir desculpas; dizer-lhe que tinha falado sem pensar e esquecer tudo, mas sabia que naquele momento era inútil tentar.

— Você sabe de uma coisa, Alina? — disse por fim, num tom frio que ela conhecia perfeitamente: o tom que usava para se dirigir aos carpinteiros que trabalhavam com ele quando, depois de receberem seu pagamento quinzenal, desapareciam da oficina durante dias, ou com o irmão quando, no meio de uma festa familiar e depois de várias taças, os dois diziam um ao outro afrontas imemoriais. Mas nunca tinha usado esse tom para falar com ela. — Quem encara Marlene obsessivamente, quem fica olhando para os seios e para a bunda dela, quem nunca tira os olhos dela é você. Você nem percebe o quanto a deixa constrangida. Vamos ver, me diga com franqueza: o que você sente por ela é ciúmes *de mim*?

Dessa vez, foi Alina quem não respondeu. Saiu da praia a toda a pressa e sacudiu rapidamente os pés para calçar as sandálias. Contornou com agilidade as fileiras de cadeiras reclináveis, enquanto Aurelio avançava atrás dela com atitude predatória. Em seguida, rodeou a piscina até o corredor e subiu os degraus de pedra de dois em dois, sentindo as batidas raivosas de seu coração dentro do peito.

Ao voltar para o quarto, os dois se precipitaram na cama e depois um sobre o outro, e pela primeira vez depois de treze meses e catorze dias fizeram amor. A transa daquela noite foi explosiva como um acerto de contas, como se continuassem em outra linguagem a conversa na praia. Suas peles tinham gosto de sal e estavam vermelhas e irritadas com tanto sol, mas no fundo tinham o mesmo cheiro e a textura de sempre. Aos poucos, as afirmações enfáticas do início tornaram-se uma carícia que se prolongou até o sono. Alina não sabia se a última coisa que ouviu antes de adormecer foram as pás do ventilador ou o som das ondas que a seguiu todo esse tempo.

No dia do aniversário de Inés, enquanto Aurelio corria pela praia, Alina sentiu que estava havia muito tempo longe da filha. Sentia saudades de seus balbucios e do toque de sua pele. Sem avisar por telefone ou mandar uma mensagem pelo celular, ela procurou a chave do quarto da babá em sua mesinha de cabeceira. Quando eles chegaram ao hotel, na recepção lhes entregaram duas cópias. Foi ela quem se ocupou em guardá-las. Alina saiu do quarto e caminhou pelo corredor o mais silenciosamente que pôde para não acordá-las. Inseriu o cartão na fechadura eletrônica e empurrou a porta com toda a cautela do mundo. Pelas cortinas fechadas filtrava-se um fio daquela luz brilhante e sobrenatural da costa que lhe permitia ver o que estava acontecendo ali. Marlene dormia nua na cama. Sua pele dourada pelo sol contrastava com o branco perfeito dos lençóis. Ao lado dela, com a cabeça entre seus seios, viu o corpinho de Inés mal coberto por uma fralda descartável. O berço, que com tanto esforço tinham levado para o hotel, estava cheio de roupas, fraldas e mamadeiras limpas. Alina deixou escapar um suspiro de desgosto. Fechou a porta e voltou para o quarto. Naquele dia, não foi tomar café. Ficou na cama a manhã toda, fingindo uma cólica. À tarde, ela teve de ter muita força de vontade para participar da cerimônia do bolo com um entusiasmo razoavelmente verossímil.

Nas semanas que se seguiram ao regresso, não conseguia tirar da cabeça a imagem da babá dormindo nua com sua bebê. Desde o nascimento de Inés, ela havia passado um ano preocupada com sua saúde, sua alimentação, os resultados dos exames e da terapia; sem descanso — suas olheiras evidenciavam isso — e sem poder desfrutar plenamente da presença de Inés. Marlene, por outro lado, passava horas cheirando seu pescoço, acariciando seus pés, contando seus dedinhos ou batendo nas palmas de suas mãos enquanto cantava: *Bate palminha, bate...* ad aeternum. É verdade que ia às consultas médicas, mas o fazia por curiosidade, não por obrigação e, claro, não era ela quem pagava. Ao contrário de seus pais, Marlene podia romper seu compromisso com Inés no dia que quisesse, para se casar e ter seus próprios filhos, para cuidar dos filhos de outra pessoa ou para viajar como mochileira até a Guatemala. Graças a isso, podia transmitir à menina um amor tranquilo e desinteressado, aquele amor leve e ao mesmo tempo intenso de quem não é obrigado a permanecer.

Numa manhã de sábado, enquanto se exercitava com um disco do Clash como música de fundo, Inés balbuciou pela primeira vez algo que parecia ter um significado concreto: "Lene".

26

— O que se passa com essa mulher? — perguntou Alina depois de contar a Mónica sobre suas férias.

Sua amiga ficou em silêncio por alguns minutos, como se pesasse as palavras.

— Eu a conheço há muitos anos e observo seu trabalho e, na verdade, acho que ela tem um problema: adora bebês, se apaixona por eles, mas quando eles crescem, ela perde o interesse — Mónica disse. — Foi assim com os Fonsi. Ficou muito animada com eles no início, e então, quando eles completaram cinco e sete anos, ela começou a negligenciá-los. Deixava-os brincar sozinhos por horas e não interferia nas suas brigas, mesmo que estivessem se estapeando.

— É por isso que não teve filhos?

— Ela morre de vontade, mas a coitada não pode. Tem uma malformação no útero. Acho que isso explica tudo.

Alina ficou em silêncio enquanto pensava no substituto de maternidade que a babá havia encontrado: ser a mãe postiça de um bebê depois do outro, amando-os intensamente como se fossem seus, e então, quando cresciam, saindo em busca de um recém-nascido.

— Você acha que, quando Inés ficar mais velha, Marlene vai parar de cuidar dela como cuida agora?

— Não sei o que te dizer — respondeu Mónica. — Ela a ama muito. Além disso, por causa da sua condição, Inés pode continuar a parecer um bebê pelo resto da vida.

— Li recentemente que às vezes as crianças ficam mais apegadas às suas babás do que às mães. Para ser sincera, isso me preocupa.

Mónica lhe recordou que, ao longo de muitas gerações, as mulheres ricas ou de classe média deixaram seus filhos nas mãos das criadas, enquanto outras mulheres mais pobres cuidavam de seus filhos.

— E não apenas as criadas. Pense em quantas crianças foram educadas pela avó ou irmã mais velha. Você não tem sobrinhos? — Alina negou com a cabeça. — Sempre cuidamos dos filhos das outras, e sempre há outras que nos ajudam a cuidar dos nossos. É claro que se criam laços entre as crianças e essas mães substitutas — disse ela. — Mas isso não me parece tão ruim. Nem que os papéis sejam trocados para que mães exaustas possam descansar. Você percebe que, não faz muito tempo, se contratava outra mulher para amamentá-los? Falo tudo isso para que você veja como a maternidade sempre foi permeável. Muitas fêmeas de diferentes espécies cuidam dos filhotes de outras. Os golfinhos, por exemplo, têm várias amas de leite que acompanham a mãe no momento do parto e a ajudam a cuidar do filhote. Isso também acontece com os pássaros. Alguns botam seus ovos em ninhos alheios, onde a fêmea de outra espécie já depositou os seus, para que sejam essas aves que cuidem dos seus filhotes. Às vezes, as mais astutas tiram do ninho os ovos que já estavam lá, para se certificarem de que suas crias estejam sendo bem cuidadas. Chama-se parasitismo de ninhada.

— E esses pássaros não notam a mudança? — Alina perguntou, um tanto escandalizada.

— Não tenho ideia. Talvez prefiram não saber. A verdade é que cuidam dos filhos das outras como se fossem seus. Além disso, laços de sangue não são garantia de nada. Pense que muitas vezes são os pais, avós ou tios que batem nas crianças e as estupram. As famílias biológicas são uma imposição, e já está na hora de dessacralizá-las. Não há nenhum motivo para nos contentarmos com elas se não funcionarem.

— Mas de que outras maneiras uma criança pode viver senão com um pai ou uma mãe? — Alina perguntou.

— De muitas outras formas. Imagine como seria nossa vida se você e eu, Aurelio, nossas filhas e alguns outros amigos dividíssemos uma casa e nosso cotidiano. Certamente estaríamos menos exaustas.

Alina tinha ouvido falar que na Dinamarca o Estado tem residências desse tipo para acomodar pessoas necessitadas. Mães solteiras, adultos mais velhos que nunca tiveram filhos, adolescentes em conflito com seus pais e crianças órfãs convivem nesses lares comuns. Cada um tem seu próprio quarto, e também há espaços coletivos. No fim, essas pessoas acabam formando um clã tão ou mais unido do que suas famílias de origem.

Naquela mesma tarde, depois de dar banho em Inés, Alina me ligou em casa para me contar sobre a conversa com a amiga. Ela estava entusiasmada com essas novas abordagens e propostas.

— A propósito — disse ela, pouco antes de desligar —, você se lembra das pombas que moravam na sua varanda e de como aquele passarinho lhe parecia estranho? Você devia falar com a Mónica. Talvez ela possa te dizer algo sobre isso.

27

Certa madrugada, Alina ouviu um berro. Um grito longo e estrangulado, muito diferente das queixas que Inés fazia sempre que sentia dores ou quando algo a incomodava, mas vinha do quarto dela. Saiu da cama e foi até o berço da filha. Não demorou muito para reconhecer aqueles tremores. Durante a adolescência tivera crises de epilepsia, e não foram poucas as ocasiões em que acabou no chão da universidade ou de sua casa, sem saber como havia chegado ali. Pegou seu celular e começou a filmá-la. Algumas horas depois, enviou o vídeo para o neurologista, que marcou uma consulta nessa mesma manhã no Hospital Geral, onde atendia às segundas, quartas e sextas-feiras.

Nenhum dos três estava inscrito no sistema de saúde. Para que pudessem entrar, o médico teve que descer para buscá-los na porta do edifício, onde uma multidão formava filas desordenadas. Uma vez lá dentro, ele os conduziu por corredores e salas de espera que, de tão lotados, lembravam um terminal rodoviário. Finalmente chegaram à unidade de neurologia infantil, onde havia crianças de todas as idades, algumas com tumores na cabeça, outras com bandagens e outras com evidente paralisia cerebral. Também passaram por um galpão luminoso onde ficavam as crianças internadas. Ao longo de cada parede havia fileiras de leitos ocupados por pacientes, leitos pequenos, mas excepcionalmente altos. Embaixo deles, suas mães pernoitavam em esteiras e colchonetes. O médico explicou que algumas dessas mulheres haviam viajado de partes remotas do país com seus filhos para que um especialista pudesse examiná-los.

— Quando necessário, preferimos operá-los imediatamente, em vez de mandá-los de volta para sua cidade e fazer com que regressem alguns meses depois. É por isso que estamos tão lotados.

Quando finalmente chegaram ao consultório, o neurologista pôs Inés na maca, ouviu e testou seus reflexos, enquanto pedia que fizessem um resumo dos últimos episódios.

— Era de se esperar — disse ele. — A terapia estimulou seu cérebro, e isso é muito bom, mas em pacientes como Inés, a atividade elétrica que se produz quando os neurônios se conectam costuma desencadear convulsões. É por isso que ela está tomando Levitracetam desde o dia em que nasceu. Era a melhor maneira de preveni-las e funcionou durante todos esses meses. Mas, aparentemente, a dose não é mais suficiente.

— São graves? — perguntou Aurelio. — Qual é a pior coisa que poderia acontecer com ela?

— O problema é que cada convulsão destrói conexões neurais já formadas, como quando uma tesoura corta um sistema de cabos. Por isso é fundamental preveni-las tanto quanto possível. Devem evitar gripes fortes, estímulos excessivamente intensos, como as luzes da polícia e, em geral, estar muito alerta. Não quero aumentar a dosagem nesse momento porque a substância tem muitos efeitos colaterais. Vamos esperar para ver como isso evolui.

28

Voltamos do parque. Nicolás abriu sua mochila e ficou andando pelo apartamento para não ter de fazer o dever de casa. Também não queria ler. Ele me pediu para lhe servir um copo d'água, depois outro de leite. Foi até a varanda e me perguntou se eu tinha voltado a afugentar as pombas.

— Não — disse a ele. — Elas partiram por vontade própria.

Ele sentou numa ponta da poltrona e pôs a cabeça entre as mãos, enquanto olhava para o chão com o rosto contraído.

— Você está bem? — perguntei-lhe, do sofá da sala.

— Não suporto estar na minha cabeça. Lá dentro há uma voz que fala comigo o tempo todo.

— Uma voz? E o que ela te diz?

— Coisas horríveis sobre mim ou sobre minha mãe.

— Mas essa voz é sua ou de outra pessoa?

— Às vezes é minha voz falando com muita raiva e às vezes é a voz de um homem. Eu queria sair lá de dentro para parar de ouvi-las, mas é impossível. Antes eu tentava quebrar a cabeça.

Lembrei-me dos golpes que muitas vezes ouvia do outro lado da parede.

— Você está ouvindo essas vozes agora?

— Sim. Quase sempre ficam aqui dentro, em segundo plano.

Aproximei meu ouvido de sua testa e fechei os olhos. Senti seu cabelo macio e seu eterno cheiro de xampu de baunilha.

— Eu não ouço nada — disse-lhe.

Nicolás sorriu.

— Claro. Não são vozes de verdade, mas coisas que penso.

Fiquei aliviada. O fato de ele saber disso fazia uma grande diferença.

— Sabe que algo semelhante acontece comigo? Às vezes, meus pensamentos me confundem também.

— E o que você faz?

— Sento-me bem reta e me concentro na minha respiração. Observo como o ar entra e sai do meu nariz. Se chegam vozes ou pensamentos, eu os deixo ficar lá sem lutar contra eles, mas sem prestar atenção neles.

— E eles vão embora?

— Bem, sim, mais cedo ou mais tarde eles vão embora, mas o melhor é que já não me preocupam. Sabe, os pensamentos são como nuvens que se movem no céu. Antes que você perceba, eles mudam de forma ou simplesmente param de estar lá.

— Às vezes, as nuvens ficam no céu por muitas horas — disse ele.

— Felizmente os pensamentos não ficam, mas para isso é preciso deixar de prestar tanta atenção neles. Não entrar neles, mas também não rejeitá-los, está me entendendo? Apenas deixá-los passar como algo sem importância. Você quer tentar?

Nicolás concordou com a cabeça. Colocou os tênis sujos junto à porta-balcão, um ao lado do outro, e sentou-se na beirada do sofá, com as costas retas e as mãos nos joelhos.

— Concentre o olhar num ponto do chão e não desvie de lá. Assim está perfeito. Agora observe o ar entrando e saindo pelo seu nariz. Apenas observe, sem tentar controlá-lo. Se as vozes falarem, deixe-as falar, mas não vá junto com elas. Continue concentrado em sua respiração.

Ficamos assim em silêncio por quase dez minutos. Então Nicolás começou a se mover.

— Não consigo. Meu corpo inteiro coça.

— Você está indo muito bem — eu disse a ele com sinceridade. — Tente ficar assim mais um pouco. Observe sua coceira como se fosse de outra pessoa. Não lute contra ela.

Nicolás saiu da posição e coçou os braços com vigor.

— Sinto muito.

— Não se preocupe — eu disse a ele. — Vamos tentar de novo outro dia. O importante é que saiba que tem um lugar dentro de você para se refugiar. Sabe o que as tartarugas fazem quando têm medo?

— Se enfiam na carapaça.

— Exatamente! Juntam a cabeça e o corpo. Ali estarão a salvo. Você pode fazer o mesmo: toda vez que sua mente começar a te incomodar, concentre-se em seu corpo e em sua respiração.

Naquela noite, fui para a cama feliz. Sem dúvida, Nicolás era muito jovem para aprender a meditar, mas talvez, se persistisse, um dia seria capaz de acalmar sua mente e reduzir a frequência de suas crises nervosas. Nos mosteiros, eu tinha visto pessoas de todas as idades modificarem por completo seu comportamento, mas sabia que em geral a calma não vem de imediato. Às vezes, é preciso praticar a vida inteira para encontrá-la.

29

Um dia, enquanto trabalhava na biblioteca, lembrei-me das pombas e de seu filhote enigmático. Também me lembrei das palavras e da recomendação de Alina para ligar para sua amiga. Fechei o capítulo que estava escrevendo no computador e comecei a pesquisar na internet informações sobre parasitismo de ninhada. Seria essa a explicação para o aspecto sinistro do pombinho e a queda tão suspeita do outro ovo? A primeira coisa que me apareceu foi um artigo da revista *Nature & Ecology* em que li o seguinte: "O cuco faz outras espécies incubarem seus ovos, depositando-os em ninhos onde já existe pelo menos outro ovo. Para isso, a fêmea cuco imita o canto do falcão, assustando os futuros pais adotivos de sua prole e os levando a abandonar o ninho temporariamente. Para evitar ser descoberta, essa fêmea desenvolveu vários truques, como botar ovos idênticos aos da espécie escolhida".

A informação arrepiou meus cabelos. Até aquele momento, o cuco tinha me parecido um passarinho bastante simpático, habitante dos bosques europeus, e não uma ave de rapina. Mas havia cucos no México? Continuei pesquisando e descobri que sim. Seu nome científico era *Tapera naevia*, também conhecido como cuco listrado. Seus hábitos reprodutivos inspiraram algumas lendas de nosso folclore. Procurei uma foto deste último, mas não batia em nada com a do pombinho. Em vez de preto e branco, era pardo com uma crista na cabeça que o fazia parecer arrogante, mas não ameaçador. Procurei então as fotos do cuco comum ou europeu, e percebi que era muito parecido com o pássaro que havia nascido em minha casa.

"Em seu primeiro outono, os cucos comuns mostram várias plumagens diferentes", assegurava outro artigo. "Alguns têm as partes superiores listradas de um marrom-escuro e denso, enquanto a de outros é cinza-escuro. As características mais óbvias para identificar os filhotes do cuco comum são as bordas brancas de suas penas e uma mancha da mesma cor na nuca. O nome de seu gênero, *Cuculus*, é uma palavra latina de origem onomatopaica. Estende-se desde o Norte da Europa e Oriente Médio até o Extremo Oriente. O artigo não mencionava nenhum país da América.

Minha pesquisa chegou até aí. Por mais que tentasse, não encontrei mais nada na internet que pudesse esclarecer minhas dúvidas. Eu sabia que, se deixasse esse assunto sem solução, isso me impediria de dormir a noite toda. Com um misto de curiosidade e medo, saí da biblioteca e liguei para Mónica, que felizmente atendeu o telefone na hora.

— Não nos conhecemos — eu disse. — Aqui é Laura, sou amiga da Alina. Eu queria te fazer uma pergunta.

Mónica me cumprimentou gentilmente e esperou com toda a paciência do mundo que eu formulasse minha pergunta.

— Como você disse que o pássaro era?

Expliquei a semelhança do pombinho com as fotos que tinha visto do cuco europeu.

— É um pouco raro — disse ela —, mas não totalmente impossível. No México, os ornitólogos encontraram um ou outro. A mudança climática está provocando migrações insólitas. O que me parece realmente muito estranho é que tenha parasitado um ninho de pombas. Esses pássaros são bem astutos, ainda mais espertos do que o cuco. Ninguém leva as pombas no bico. A propósito, essa coisa de parasitismo de ninhada é realmente fascinante, não acha?

Seu comentário me fez abandonar a reserva que eu tinha mantido até aquele momento. Então contei a ela, sem rodeios, tudo o que pensava a respeito. Disse-lhe que, para mim, o mais desconcertante era ver que essas fêmeas sentiam o impulso biológico de se reproduzir e, ao mesmo tempo, uma necessidade igualmente forte de evitar as tarefas de procriação.

— Você acha que essas aves têm saudades dos filhos? — perguntei-lhe. — Será que elas pelo menos se lembram do lugar onde iam nascer? E, já que saem do ovo, dão algumas voltas por aí para conhecê-los?

— Não tenho a menor ideia — respondeu Mónica. — Seria preciso perguntar a um especialista. Fico mais intrigada com os pássaros que elas parasitam. É difícil para mim acreditar que não sabem de nada. Para mim, sabem que não são suas crias e, no entanto, ainda cuidam deles e os atendem. Acho que chega um momento em que todas as mães percebem isto: nós temos os filhos que temos, não os que imaginávamos ou os que gostaríamos de ter, e é com eles que temos de lidar.

Enquanto ela falava, não pude deixar de pensar em sua filha e na atitude heroica com que ela havia enfrentado a notícia de seu atraso mental.

— ... às vezes as crianças vêm até nós sem que planejemos — continuou Mónica —, como se alguém depositasse um ovo no nosso ninho.

30

Por aqueles dias, convidei Alina e Aurelio para jantar na minha casa. Também chamei Léa e seu marido, assim como alguns amigos comuns que eu não via fazia muitos meses. Preparei margaritas e um grande robalo ao coentro que pusemos no forno. Foi uma refeição deliciosa, mas, antes que eu pudesse servir a sobremesa, Aurelio aproximou-se com uma expressão muito séria. Ele havia se levantado da mesa para trocar as fraldas da filha na minha cama e, enquanto fazia isso, a menina começou a tremer.

— Você contou o tempo? — Alina perguntou, enquanto se levantava.

— Mais de dois minutos.

Alina entrou em meu quarto e eu a segui, deixando meus convidados ao redor da mesa.

Deitada na minha cama, Inés vibrava sutilmente. Seus olhos estavam virados para cima, mostrando uma pequena parte branca abaixo da pálpebra superior. Alina a tomou nos braços e a segurou contra o peito. "Calma, pequenina", dizia-lhe, "você vai ficar bem." Tive a impressão de que ela se dirigia mais a si mesma do que à filha, que estava claramente em outro mundo. Se estivesse no carrinho ou longe de um adulto, ninguém teria notado o que estava acontecendo com ela, tão discreto e silencioso era o massacre de neurônios que naquele momento estava acontecendo no cérebro de nossa amada menina. A convulsão durou seis minutos e foi a mais longa que ela já tivera até então. Quando finalmente terminou, Alina e Aurelio estavam exaustos. Eles mal tiveram forças para se despedir.

Depois dessa convulsão, Inés parou de sustentar a cabeça. Seus movimentos pareciam menos controlados. E mesmo que Marlene se esforçasse para que ela continuasse fazendo fisioterapia, Inés tinha muita dificuldade em obedecer a seus pedidos. Certamente em algum lugar de sua consciência a garota se lembrava muito bem das rotinas e da expressão triunfal refletida no rosto de sua melhor amiga cada vez que ela conseguia completá-las, mas agora sua capacidade motora simplesmente não respondia.

Os espasmos podiam surgir a qualquer momento. Durante o dia era muito mais fácil detectá-los, pois todos permaneciam alertas, mas também ocorriam à noite, e apenas Alina, que tinha o sono leve, às vezes identificava os sinais muito discretos que permitiam reconhecê-los. Com a falta de movimento, Inés perdeu o tônus muscular com a mesma rapidez com que o adquiriu. As convulsões levaram tudo embora, assim como o mar destrói castelos de areia, por mais sólidos que pareçam e por mais bonitos que sejam. Às vezes o mar não leva tudo, e ao retroceder deixa vestígios de alguma parede, às vezes é até possível restaurar o que havia antes. Realmente fazia sentido continuar com a fisioterapia se os avanços obtidos com tanto esforço e perseverança podiam desaparecer com apenas uma daquelas tremedeiras? Alina e Aurelio estavam arrasados. Os progressos de Inés eram o prêmio que vinham acumulando por mais de um ano, a recompensa por todos os seus esforços. Ainda correndo o risco de perder tudo, decidiram continuar com a fisioterapia.

No Nepal, eu tinha visto grupos de monjas desenharem mandalas com pós coloridos no pátio do mosteiro. Podiam passar dias inteiros fazendo belos e complexos desenhos no solo, que representavam a morada de um buda ou um bodisatva em nossa consciência. Uma vez terminado, o desenho era tão grande que cobria toda a superfície da esplanada frontal.

As monjas o deixavam ali por alguns dias para que as pessoas vissem e depois o dissolviam com vassouras, como um exercício coletivo de desapego, mas também como um lembrete de que nada do que construímos dura para sempre.

Marlene, por outro lado, não perdia o entusiasmo. Não se importando que a menina ficasse inerte em seu berço, ou talvez exatamente por isso, ela continuava colocando cúmbias e ritmos cubanos para que ela ouvisse. "Inés quer que estejamos felizes", garantia aos pais, para encorajá-los. "É o mínimo que podemos fazer por ela."

"Tenho certeza de que é mais fácil para ela", Alina sussurrava para o marido, e ela tinha razão: Marlene não passara por tudo que os dois sofreram, nem durante a gravidez, nem no hospital, nem mesmo nos últimos dias. O que aquela mulher podia saber sobre desesperança? Alina sempre se perguntava se a babá iria resistir ou se acabaria indo embora, procurando outro emprego numa família em que houvesse um bebê de apenas alguns meses de idade e uma mãe desesperada para recuperar o controle de sua vida. Aurelio, como de costume, tinha outro ponto de vista. Para ele, era uma sorte contar com alguém que estivesse menos esgotado.

31

O telefone tocou uma sexta-feira por volta das dez e meia da noite. Olhei para a tela e vi que era minha mãe. Atendi, temendo que fosse uma emergência. Seu tom de voz me tranquilizou.

— Preciso de um bom contador. Você conhece alguém para me indicar?

Era o mês em que os autônomos declaram o imposto de renda, incluindo donas de casa, locadores como minha mãe e bolsistas como eu. Ano após ano, mesmo morando na Europa, eu a ajudei nesse processo que a deixa louca, mas daquela vez, por causa de nosso distanciamento, ela não se atreveu a me pedir esse favor. Eu estaria mentindo se dissesse que não passou por minha cabeça responder que não conhecia ninguém e que ela me avisasse se precisasse de outra coisa, mas me abstive de fazê-lo.

— Não se preocupe, mãe, eu te ajudo.

Foi assim que voltei a ir a sua casa para desfrutar das delícias que ela prepara de café da manhã.

Assim que entrei, inspecionei, com o máximo de discrição, seu quarto e o de hóspedes, para ter certeza de que não havia ninguém morando com ela. Tudo parecia idêntico à última vez, até parado no tempo, exceto por alguns livros novos em sua mesinha de cabeceira: *Calibã e a bruxa*, de Silvia Federici, e *Um teto todo seu*, de Virginia Woolf. A descoberta me comoveu.

Sentamos à mesa. Um muffin recém-assado estava fumegando na cestinha de pães. Tomei um gole do meu suco de laranja.

— Como está indo em La Colmena? — perguntei, com um tom de voz neutro.

— Bem. Estou indo quase todos os dias. Para ser sincera, eu realmente gosto de lá. E aprendo tanta coisa! Não sabe o quanto tenho pensado em você nos últimos tempos.

— Ah, é? E o que exatamente você pensou? — eu disse com uma pitada de sarcasmo, sabendo que mais uma vez estávamos nos aproximando de zonas de perigo.

— Bem, afinal, você estava certa em não querer ter filhos.

A resposta me desconcertou. Era a última coisa que eu esperava dela. Isso significava que agora se arrependia de ter tido filhos?

— A maternidade é uma imposição social — continuou ela. — E, quase sempre, impede que as mulheres façam algo de sua vida. Você tem que estar muito convencida de querer ser mãe antes de embarcar nessa aventura. Eu, por exemplo, parei de frequentar a universidade quando tive vocês e, é claro, de participar das assembleias. Agora estou recuperando essa parte esquecida de mim mesma.

Em meu íntimo, constatei que era ela — não eu — que estava revisitando o passado.

— Bem, você já encontrou onde fazer isso.

Experimentei meu café: nem muito forte nem fraco, do jeito que eu gosto.

— A propósito, quem era o garoto que estava com você naquele dia? — perguntou.

— Eu já te disse, é o filho de minha vizinha.

— Dá para ver que ele te adora e que vocês se dão muito bem, mas devo admitir que você me surpreendeu. Agora você gosta de crianças?

Depois do café da manhã, lavei a louça e limpei toda a cozinha. Quando terminei, sentei-me à mesa da sala de jantar para conferir os documentos de minha mãe. Passei o sábado lá, desfrutando à minha maneira de sua companhia. À noite, voltei para casa sentindo que havia recuperado uma parte importante de minha vida.

32

"Eu te odeio! Você é uma puta!" A voz de Nicolás ecoou por todo o prédio. "Você não cuida de mim nem de nada nesta casa! Acho que você não está doente, mas morta!" Enquanto dizia tudo isso, no apartamento ouvia-se o ruído de vários objetos atirados no chão e nas paredes. "Saia de uma vez dessa maldita cama, comece a cozinhar, é para isso que você é minha mãe!" Procurei em minha mesinha de cabeceira as chaves que Doris havia me dado e imediatamente saí para contê-lo. Quando entrei, encontrei Nicolás batendo na parede com um taco de beisebol a poucos centímetros da cabeça de sua mãe, enquanto ela o observava aterrorizada, com as pernas encostadas no peito.

— O que está acontecendo aqui? — gritei para que o menino notasse minha presença. Nicolás me olhou desconcertado, e sua expressão de fúria rapidamente se transformou em medo. Saiu correndo do aposento sem responder à minha pergunta e foi se trancar no quarto.

Aproximei-me de Doris e vi que todo o seu corpo tremia.

— Você está bem? — perguntei-lhe, mas ela não conseguiu me responder. Começou a chorar espasmodicamente com as mãos no rosto. Não havia mais vestígios de esmalte em suas unhas, e as bordas pareciam ter sido devoradas por um cupim.

Sentei-me ao lado dela na cama e, enquanto acariciava seus cabelos despenteados, prometi-lhe que ficaria tudo bem, que as coisas não iriam ficar assim para sempre.

Quando ela parou de chorar, fui até a cozinha e preparei um chá de tília bem forte para nós duas. Foi enquanto despejava a água nas xícaras que me dei conta de que também estava tremendo.

Doris bebeu seu chá em pequenos goles, sem se importar que ainda estivesse muito quente. Ao terminar, colocou-o na mesinha de cabeceira, cheia de lenços de papel usados, e me olhou nos olhos.

— Ele ficou assim quando eu lhe disse que iria para Morelia no sábado. Queria dar a ele alguns dias para se despedir dos colegas, mas acho melhor você levá-lo à estação amanhã mesmo. Minha irmã está esperando por ele.

Abriu a gaveta da cômoda e tirou um envelope cheio de notas.

— Com isso você pode comprar a passagem dele.

Naquela noite, Nicolás dormiu na minha casa. Dei-lhe um sanduíche de presunto e queijo e um copo de leite com chocolate para o jantar. Ele havia se instalado na frente do meu computador para assistir *Divertida mente*. Sentei-me ao lado dele no sofá da sala e ficamos assim até os créditos começarem.

— É hora de ir para a cama — disse a ele.

Desde que entrei de surpresa em seu apartamento, meu vizinho se comportara como um anjo. Não deu um pio quando bati na porta de seu quarto e pedi que me ajudasse a limpar a bagunça que ele havia deixado na casa. Também não disse nada quando expliquei que teria de dormir comigo naquela noite. Jantou e escovou os dentes no instante em que pedi e também pôs o pijama. Só quando já estava deitado, coberto até o pescoço e com a cabeça apoiada no travesseiro, é que me disse:

— Fale para a minha mãe que eu a amo muito.

Não pude deixar de abraçá-lo.

Ele começou a chorar no meu peito, enchendo minha camiseta de muco, como já havia feito uma vez. Adormecemos assim, muito próximos um do outro, naquela cama em que nunca imaginei que uma criança dormiria.

33

Entre os reflexos que Inés perdeu por causa das convulsões estava o da deglutição. Os fluidos entravam em seus pulmões com muita frequência. Perdeu dois quilos em menos de três semanas. Seus pais e Marlene também emagreceram a olhos vistos. Alguns meses depois, seus sentidos pareciam completamente embotados. Alina explicou a situação no trabalho e pediu alguns dias de folga para poder cuidar da filha. Queria ocupar-se ela mesma de alimentá-la e trocar suas fraldas. Às vezes, não deixava a babá chegar perto de Inés por horas. Ela a mantinha à distância, no sofá da sala, aguardando o momento que seu horário acabasse. Mesmo assim, Marlene não mudou sua rotina. Esperava sem questionar a oportunidade de passar o máximo de tempo possível com Inés, quando seus pais fossem vencidos pelo cansaço; e, quando eles permitiam, ela ficava para dormir. Devido à falta de alimento, as defesas de Inés diminuíram, deixando a entrada livre para as bactérias. Certa manhã, acordou com quarenta graus de febre. Sua garganta estava vermelha e o nariz, entupido. Às nove horas, ela sofreu uma convulsão de dois minutos e meio que terminou de extenuá-la. Logo depois, Alina descobriu a babá chorando no quarto da filha. Ela se ajoelhara ao lado do berço e pronunciava frases pouco inteligíveis em seu ouvido. Ao ver que a porta se abria, Marlene se assustou. Com o rosto coberto de lágrimas, ela se levantou e se sentou no sofá, tentando recuperar a compostura.

— Venha — Alina lhe disse com uma voz inusualmente suave. — Vamos fazer um chá para nós.

Ela a seguiu até a cozinha, onde ambas ficaram sentadas esperando a água ferver.

— Me desculpe, Marlene. Não me dei conta de que também estava sendo muito difícil para você.

Quando a chaleira começou a apitar, Alina encheu as xícaras e colocou nelas dois saquinhos de seu chá favorito, aquele que guardava para quando precisava de consolo.

— Não suporto vê-la assim, apagada, quase sem vida — disse a babá. — Sei que vocês são os pais dela e às vezes digo a mim mesma que deveria dar-lhes mais espaço com ela, não ficar tão em cima, mas preciso dela. Inés se tornou o centro da minha vida. Não consigo imaginar como seria o mundo sem ela.

— Quando você chegou, explicamos que isso poderia acontecer. Lembra-se?

— Lembro muito bem. Só que prometi a mim mesma fazer de tudo para que isso não acontecesse.

Alina se levantou da mesa para abraçá-la.

— Muito obrigada — disse-lhe. — Você cuidou da Inés todos esses meses, melhor do que se ela fosse sua filha.

Os olhos de Marlene ficaram úmidos novamente.

— Posso lhe fazer uma pergunta?

Alina assentiu em silêncio.

— Você quer que Inés continue vivendo ou preferia que ela se fosse agora que está tão doente, e assim parar de cuidar dela para sempre?

Alina demorou a responder. Ela se lembrou dos primeiros dias no hospital, quando implorava à filha que fosse embora pelo caminho por onde viera. Também se lembrou da substância que havia guardado em seu armário todos esses meses; a solução injetável que a dra. Mireles lhe dera. Cada dia passado com Inés — seu cheiro, sua presença calorosa e suave, seus progressos na fisioterapia — tinha sido um motivo para decidir não usá-la. Ela havia escolhido ser a mãe de Inés com todas as suas características e circunstâncias. A escolha dera-lhe força. Agora que não parava de se deteriorar, a caixinha de papelão no armário voltava para ela como uma possibilidade.

— Prefiro que viva, Marlene — ela finalmente respondeu. — Mas não dessa maneira.

34

Acordei muito cedo, antes que o despertador tocasse. Nicolás dormia profundamente. Devia estar sonhando com algo lindo, porque tinha um sorriso nos lábios. Senti a presença da angústia deslizando por meu peito como uma cobra. Antes de ser tomada por ela, saí da cama, esquentei um pouco de água na cozinha e fui até a varanda com um cigarro entre os dedos.

Realmente iria permitir que Nico fosse embora? Disse a mim mesma que talvez durante a noite Doris tivesse mudado de ideia ou que, se eu me empenhasse bastante, ela aceitaria um plano de contingência, por exemplo que o filho dela morasse na minha casa por alguns meses sem entrar em seu apartamento, nem mesmo para ir ao banheiro. Verifiquei o telefone, mas não encontrei nenhuma mensagem. Foi então que vi o pássaro de pé na balaustrada. Tinha aumentado muito de tamanho. Suas penas escuras formavam agora uma listra densa e desordenada. Movia a cabeça e o pescoço para a frente e para trás, absorto num ritmo lento e cadenciado, como uma criança tentando memorizar uma lição ou os monges quando repetem suas orações diárias. Sobre sua nuca luzia a inconfundível mancha branca dos cucos. O que ele estava fazendo ali? Eu me perguntei se havia voltado em busca dos pais ou daquele ninho, do qual já não havia nenhum vestígio, nenhum graveto, nem mesmo uma mancha no chão. Dessa vez, em lugar de sentir medo ou inquietação, o passarinho me deu pena. Mas talvez o mundo inteiro, incluindo eu mesma, provocasse isso em mim naquela manhã. Apaguei o cigarro, levantei-me da poltrona o melhor que pude e entrei no apartamento.

Depois de dar algumas voltas, decidi retornar para a cama — onde Nicolás continuava dormindo — e fazer o possível para recuperar o sono, mas não conseguia parar de pensar na minha relação com aquela criança e no parasitismo de ninhada. *Seja sincera, Laura*, disse a mim mesma. *Você está realmente disposta a se tornar uma mãe postiça?* Então pensei que talvez fosse bom para ele mudar de ambiente. Frequentar a escola numa cidade mais tranquila, cujos habitantes se esforçavam para manter velhos costumes: passeios pela praça aos domingos, tocadores de órgão, chocolate cremoso no lanche. Talvez conviver com seus primos numa família convencional o ajudasse a mudar de atitude. Acima de tudo, disse a mim mesma que ele nunca ficaria bem enquanto Doris não se sentisse forte o suficiente para lhe impor limites. Por outro lado, se ela continuasse a sofrer ataques como esses, nunca seria capaz de se recuperar do estresse que seu marido havia lhe deixado na memória e no corpo. Nicolás precisava se libertar do fantasma do pai, e isso só aconteceria quando estivesse longe dela. Ele tinha que ir — por mais que isso me doesse — e terminar o ano letivo em Morelia. Quando sua mãe se recuperasse, eu mesma me encarregaria de ir buscá-lo. Ou, melhor ainda, faria isso acompanhada de Doris.

Naquela manhã, preparei um banquete de café da manhã para ele, como os que minha mãe faz para mim aos domingos: suco de laranja, ovos, feijão frito, torradas com manteiga. Em vez de café, chocolate quente. Também fiz para ele um sanduíche de presunto com manteiga — sem legumes, do jeito que ele gosta — para a estrada. Por volta das dez horas, recebi uma mensagem de Doris avisando que a mochila estava pronta. Tocamos a campainha juntos e ela saiu à porta usando seu blusão velho de costume, mas com os olhos ainda mais inchados e vermelhos. A mochila era grande, como as de trekking, uma pequena mudança. Ao lado dela estava a da escola.

— Coloquei aí o Pantera Negra, o Homem-Aranha e seus cards de Pokémon.

Eles se abraçaram na soleira da porta, enquanto eu me perguntava se conseguiriam se soltar.

O táxi nos levou rapidamente ao Terminal Rodoviário do Norte. No rádio, tocava a sombria "Sonata Kreutzer". Nicolás pediu ao motorista que por favor mudasse para a 88.1 FM.

— Você gosta dessa estação? — perguntei, surpresa que ele a conhecesse.

— Sim. É onde eles põem aquelas músicas antigas que você ouve.

Já fazia muito tempo que eu não ia à rodoviária. Quando cheguei, achei-a caótica e desconcertante. Com o tanto de gente, se nos perdêssemos seria difícil nos reencontrarmos.

— Não saia do meu lado nem por um segundo — disse a ele, procurando o guichê. Quando finalmente o encontrei, comprei uma passagem num ônibus de luxo para Morelia, embora tenha custado quase o dobro do que Doris havia me dado.

— Quanto tempo dura a viagem?

— Quatro horas e quinze minutos. Chegará às três.

— Vai fazer paradas em alguma outra cidade?

— Não. É uma viagem direta.

— Você acha que é seguro mandar sozinha uma criança de oito anos?

— Normalmente sim, senhora, mas do jeito que as coisas estão agora, não posso garantir.

Eu me perguntei se não deveria comprar outra passagem para mim e me certificar assim de que sua tia o pegaria em Morelia. No fim, fiz o que havia combinado com sua mãe. Eu o acompanhei até a plataforma, amarrei suas duas mochilas e as declarei como uma só bagagem. Deixei-o sentado no ônibus, com os olhos fixos na TV que acabara de ser ligada, sabe-se lá com que tipo de filme, e desci do ônibus me sentindo uma pulga. Já não carregava sua mochila nas costas, mas a culpa me pesava mais.

Assim que saí à rua, mandei uma mensagem a Doris para avisá-la da hora de chegada. Não estava com vontade de falar com ela. Então, liguei para o número de Alina várias vezes, sem obter resposta. Tentei de novo ao chegar em casa e também à noite, enquanto a angústia deslizava pela minha garganta, mas o celular dela caía na caixa postal. Percebi que ela também não havia recebido minhas mensagens. Não consegui dormir a noite toda pensando no destino de Nicolás e em como tinha sido estúpida por não acompanhá-lo.

35

A infecção das vias respiratórias de Inés logo se transformou em pneumonia, e Mireles insistiu em hospitalizá-la. Ela foi internada na mesma clínica em que nasceu. Assim que chegou, foi transferida para a UTI com uma equipe de sete médicos dentro do quarto. Como já estava tarde, não eram as pessoas de sempre, mas os residentes pediátricos. Felizmente, a médica comunicava-se com eles, ordenando-lhes como proceder. Em vez de subir, sua temperatura caíra para trinta, algo que, segundo lhes disseram, era ainda mais perigoso do que a febre. Os médicos constantemente verificavam seus sinais vitais, olhando uns para os outros com expressões alarmadas. Alina e Aurelio também se buscavam com os olhos, sabendo que não havia nada que pudessem fazer. Muito antes, eles haviam combinado que, caso Inés entrasse em coma um dia, eles não a manteriam viva artificialmente. Esse era o teto, o limite intransponível de todos os seus esforços.

Os médicos lutaram mais de três horas sem obter nenhum resultado. Dada a gravidade da situação, a dra. Mireles prescreveu um antibiótico de última geração para uso intra-hospitalar, recurso usado apenas para combater germes muito resistentes. "O que estou fazendo é bastante arriscado", avisou. "Será tudo ou nada." A substância provocou em Inés uma terrível reação física: ela se contorcia, revirava os olhos e espumava pela boca. Um residente disse a eles: "Ela está fazendo de tudo para ficar conosco".

Havia apenas um sofá no quarto, e Alina e Aurelio se revezavam, porque nenhum dos dois queria sair de lá. Lá fora, na salinha, Marlene esperava notícias. A certa altura, Aurelio se viu na cama de Inés, um espacinho de um metro e meio, pensando que seria a última vez que poderia abraçá-la. Enquanto observava sua luta com a substância, Alina reconheceu a força que sua filha sempre demonstrara. De onde vinha aquele impulso vital que a fizera contrariar todos os prognósticos médicos e que, poucos dias depois de seu nascimento, levou a pediatra a assegurar, sem hesitação, "esta menina está decidida a viver"? Alina se fazia essa pergunta com assombro, sem conseguir responder a si mesma. A verdade é que, mais uma vez, aquela vitalidade se manifestava em toda a sua magnitude, e ninguém, nem mesmo as enfermeiras que entravam por alguns minutos para tirar a temperatura, podiam deixar de percebê-la. Apesar do medo e da exaustão, Alina se sentia orgulhosa.

Durante a madrugada, os sinais vitais e a respiração da menina voltaram a se estabilizar. Os médicos saíram do quarto. A crise tinha passado. Enquanto Aurelio beijava a testa da filha, Alina e Marlene se abraçaram.

Inés ficou mais uma semana no hospital. O mais grave já havia passado, mas o problema de sua desnutrição ainda precisava ser resolvido. Durante aqueles dias, a presença de Marlene foi fundamental. Não só por seu otimismo, mas porque graças a ela puderam se revezar para dormir. Às vezes, enquanto Aurelio estava no quarto, Alina e a babá desciam para a cafeteria, folheavam revistas juntas ou conversavam sobre qualquer bobagem para desanuviar a cabeça.

36

Desde que Nicolás partiu, concentrei todos os meus esforços em cuidar de Doris. É minha maneira de compensar o vazio que seu filho me deixou e também a forma de garantir seu regresso. A pobrezinha parece tão mal que tenho medo de deixá-la sozinha, mas também não posso fazer muito por ela.

Sua irmã liga para ela com frequência para dar notícias do filho. "Às vezes ele não quer comer, como você me disse, mas até agora não fez nenhuma birra", escreveu ela numa mensagem que Doris me mostrou em seu celular. Saber que Nico se comporta bem com todo mundo não a faz se sentir melhor. Confirma sua hipótese de que o filho a odeia e que ela é uma má influência para ele.

Há uma semana, obriguei-a a sair de casa para tomar sol. Levei muito tempo para fazê-la sair de seu apartamento. É como a concha que a protege do mundo, mas mesmo assim consegui convencê-la e tenho a impressão de que aos poucos ela se acostumou com nossa caminhada diária. Espera que eu a chame já com sua roupa esportiva e a mochila nos ombros. Lembra-me os cães que vão sozinhos na direção da coleira na hora de sair à rua. Todos esses dias temos ido ao parque pela manhã, quando as crianças ainda estão na escola e apenas os idosos e os desempregados vagam entre os arbustos.

Num desses dias, passamos o aspirador e faxinamos sua casa inteira. Lavamos até as cortinas. Dei uma escapada ao mercado e comprei um maço gigante de ervas para purificação, além de uma loção de sete flores recomendada pelo dono da loja para afastar os maus espíritos. Queimamos copal dentro da casa e lançamos todos os tipos de conjuros ao fantasma de seu marido para que abandonasse aquele lugar onde ele não tem nada a fazer. Em seguida, bebemos alguns gins-tônicas; fiz para ela uma salada e um belo prato de macarrão.

À tarde, fomos juntas à Cinemateca, onde estava passando um filme de Isabel Coixet.

— Você não acha patético? — Doris me perguntou. — Hoje estão oferecendo um ciclo de cinema iraniano, outro de film noir e um de cineastas mulheres, como se a feminilidade fosse um país ou um estado de espírito. As mulheres não fazem film noir?

Seu comentário me fez sorrir.

— Não — respondi. — Nós, mulheres, sempre vemos a vida em cor-de-rosa.

37

Ao sair do hospital, Inés se tornou outra menina. Antes de ter alta, ela recebeu uma sonda enteral e, desde então, ganhou peso e tamanho. Também recuperou muitos de seus movimentos. Quando a vi novamente, tive dificuldade em reconhecê-la. Não apenas a achei maior e mais robusta, mas também mais atenta. Tinham acabado de lhe dar banho, e Marlene brincava com ela, pedindo sua mão. Ela a rejeitava com muitas risadas, enquanto balbuciava algo que soava como uma recusa. Alina levantou a camiseta para me mostrar a válvula. Quando terminou de vesti-la, Marlene entregou a filha para ela e lhe deu um beijo de despedida. Eu estava sentada num canto do quarto observando a cena. E me despedi dela com um gesto animado.

Então Alina desligou o interruptor. O quarto ficou iluminado apenas pela luz âmbar de um abajur com desenhos infantis. A atmosfera mudou de festiva para pacífica. Sentada na cadeira de balanço com Inés no peito, Alina dava tapinhas nas costas dela. A cena me comoveu. Como ela estava diferente de dezoito meses atrás, na manhã em que fui conhecer sua filha. O quarto também estava muito diferente. Cada detalhe da decoração e do mobiliário era uma prova do amor que rodeava aquela criança. Quando finalmente adormeceu, a mãe a ajeitou no berço, segurou a mangueirinha de plástico que pendia do lado direito sobre as barras e, com cuidado para não acordá-la, conectou-a à sonda enteral. A bomba de alimentação ligou. Alina fez sinais para que eu me levantasse.

— Venha — disse ela. — Tenho que te contar uma coisa.

Na cozinha, Aurelio e Marlene preparavam o jantar, mas passamos por eles e fomos até a varanda. Uma vez lá, Alina acendeu um cigarro e me deu a notícia à queima-roupa:

— Marlene está morando conosco.

— Mas o que você está dizendo? — perguntei, escandalizada. — E vocês dormem na mesma cama?

— Não. Ela ocupa o escritório, e nós nos mudamos para o quarto maior. A única coisa que compartilhamos é nossa filha.

Olhei para a cozinha, onde Aurelio e Marlene conversavam num tom amistoso.

— Isso não é tudo — disse Alina. — Fui ler cartas.

Não sei qual das duas notícias me deixou mais perplexa. Alina, a mais pragmática de minhas amigas, recorrendo ao tarô. Ao pensar na leitura, senti um nó no estômago que imediatamente identifiquei como medo.

— Mas você nunca acreditou no destino — eu disse, tentando minimizar o que havia sido dito a ela.

Alina soprou a fumaça na minha cara.

— Tirei a mesma carta que saiu para mim anos atrás na sua casa no Marais.

— O Enforcado?

— Exatamente. Só que agora acompanhada de outras que, segundo a taróloga, indicam felicidade.

O nó em meu estômago começou a se desfazer.

— Você se lembra quais foram?

— A Estrela, a Roda da Fortuna e o Ás de Copas.

— Nada mau — eu disse a ela. — São cartas muito positivas. Te falaram mais alguma coisa?

— Sim, que Inés veio a este mundo para ensinar algo importante.

— E você acha que isso é verdade? — perguntei.

— Bem, ela já me ensinou muitas coisas. Entre elas, que o amor chega das formas mais inesperadas e que tudo pode mudar a qualquer momento. Para o bem e para o mal. Você se lembra de como eu fiquei quando me disseram que ela iria viver? Agora sou grata por tê-la e pela família que formamos.

Era verdade que ela parecia feliz, assim como Aurelio e Marlene. Ao vê-los, disse a mim mesma que, se o destino existe, também há o livre-arbítrio, e ele consiste na maneira como pegamos as coisas que temos para viver. O jantar foi alegre e descontraído. Bebemos mescal e depois vinho. O *mole* que Marlene cozinhou estava delicioso. Inés dormiu sem interrupções e Aurelio nos fez rir com uma série de piadas sobre políticos. "Nosso presidente fala tão devagar que, quando é traduzido para a língua de sinais, parece que o intérprete está praticando tai chi."

38

Gosto de sair com Doris pelas ruas, passear com ela pela cidade e mostrar que não é tão perigosa quanto imagina. É verdade que é preciso estar atento e evitar ir a bairros que você não conhece, principalmente à noite, mas com um pouco de cuidado continua sendo agradável. Cada vez que saímos, tento passar pelas mesmas ruas para que ela as memorize e depois se anime a percorrê-las sozinha. Na sexta-feira ao meio-dia, sugeri que fôssemos à feira de orgânicos que é realizada na *colonia* Roma. Compramos frutas, pão de centeio e um pote de geleia caseira da hippie inglesa com quem gosto de conversar. Na volta, sugeri que pegássemos um táxi, mas não passava nenhum.

— É por causa da manifestação — disse-nos um homem de terno e gravata, parecendo aborrecido. — Mais uma vez, as feministas fazendo barulho. Nenhum carro pode cruzar a rotatória por causa delas. É melhor ir andando até La Condesa.

Quando chegamos à Avenida de los Insurgentes, encontramos com elas. Um fluxo interminável de mulheres com faixas e alto-falantes tinha tomado conta da rua. Havia de todos os tipos: jovens colegiais de uniforme, mães de família, funcionárias de escritório e mulheres mais velhas acompanhadas de suas netas. Algumas estavam com o rosto coberto por lenços verdes, outras com bandanas tradicionais e balaclavas como as zapatistas. Seguravam cartazes com frases como CHEGA DE FEMINICÍDIOS, NEM UMA A MENOS, NÃO É NÃO, MEU CORPO ME PERTENCE. Também havia repórteres com microfones e câmeras de televisão. Reconheci uma das faixas que tinha visto pintarem em La Colmena. Algumas meninas se aproximaram da porta e das janelas de uma delegacia com tubos de tinta spray para escrever as palavras ASCO, BASTA, NÃO + VIOLÊNCIA, ASSASSINOS e CHEGA, enquanto outras gritavam: *Devemos abortar, devemos abortar esse sistema patriarcal*, com uma mescla de fúria e entusiasmo contagiante. Também tocavam tambores e repetiam slogans cativantes para que os transeuntes se juntassem a elas: *Senhor, senhora, não seja indiferente, mulheres são mortas na cara da gente.* Havia um quiosque de bebidas perto de nós. Ao vê-las passar, a vendedora, uma mulher obesa de avental, formou com os dedos o V de vitória. Ficamos ali, hipnotizadas pela multidão, e depois, quando elas se afastaram, continuamos andando até nosso bairro.

39

Na quinta-feira passada, liguei para Alina e lhe pedi o número de sua terapeuta.

— É para a sua vizinha? — ela perguntou, pois eu já a pusera mais ou menos a par da história. — Diga a ela para ir. Rosa vai ajudá-la.

Assim como aconteceu com as caminhadas na rua, Doris também resistiu, mas no fim ligou e marcou um horário no sábado. Fui com ela e a esperei no café da esquina, sem tirar os olhos da entrada do prédio, para ter certeza de que ela não ia se arrepender e sair correndo. Uma hora depois, ela apareceu com uma receita de antidepressivos.

— Não posso mais beber — disse ela, desanimada. — Começo amanhã. Vamos ter que terminar sua garrafa de Hendricks hoje à tarde.

Antes de voltar para casa, pedi a ela que me acompanhasse de metrô até La Ciudadela. Eu havia reservado alguns livros na biblioteca e precisava deles para retomar a redação da minha tese. Faltava uma hora para fechar, então propus mostrar-lhe as salas e os pátios daquele lugar que acho lindo. Mas ela preferiu se abster.

— É melhor voltarmos agora — disse ela. — Preciso de uma bebida.

— E se formos a um bar esta noite? — perguntei. Percebi que seu olhar se iluminou por alguns segundos.

— Vai sair muito caro.

— Não se preocupe com o dinheiro. Estou te convidando.

À tarde, acompanhei-a ao seu apartamento enquanto ela se arrumava, para garantir que não se enfiasse na cama. Depois do primeiro gim-tônica, Doris começou a vasculhar o armário de seu quarto e tirou umas malas em que guardava as roupas de quando cantava na banda. Eu a vi experimentar todos os tipos de jeans e minissaias, chapéus e regatas de lantejoulas, mas ela acabou escolhendo um vestido preto bem sóbrio, em que a única coisa que se destacava era o decote e a meia arrastão. Uma espécie de vampira sexy mas bem-comportada. Pegou uma pequena bolsa de prata onde colocou seu batom, seus cigarros e uma longa piteira de baquelite. Deixei que escolhesse para mim uma calça justa, uma camisa de seda e sapatos altos e pontudos.

Custo a acreditar como esse bairro se gentrificou nos últimos dois anos. Se quando cheguei as ruas estavam cheias de lojas antigas e pousadas tradicionais, naquela noite mal o reconhecemos. É verdade que nem ela nem eu saíamos àquela hora da noite, mas mesmo assim a mudança era assombrosa: havia um bar em cada esquina. Fui eu que escolhi o local onde finalmente nos instalamos. Um lugar elegante mas discreto com móveis estilo Bauhaus, um clássico da Juárez onde os coquetéis são deliciosos e a comida, requintada e saudável. Pedimos ceviche com *tostadas* e dois martínis para começar. Assim que entramos no bar, Doris se transformou: seduziu toda a clientela com seus movimentos e fez amizade com o bartender, que acabou nos presenteando com mais uma rodada de martínis. Se eu já suspeitava que seu temperamento era noturno, agora ficava claro para mim que por muitos anos ela havia sido uma verdadeira mosca de bar, uma libélula. Depois de trocar de lugar várias vezes, ela escolheu uma mesa no terraço, onde poderia exibir sua piteira preta.

— Olhe só para você! — eu disse a ela num tom zombeteiro. — Quem diria que você escondia essa fera embaixo do tapete?

Por volta das três da manhã, o bar fechou e pegamos um táxi de volta para casa.

—Você não pode ir dormir sem me ouvir cantar — disse ela quando eu estava prestes a me despedir. — Prepare-me um gim-tônica que eu já volto.

Doris entrou em seu apartamento e voltou para minha casa carregando o violão. Em vez dos saltos, ela calçara suas botas de caubói e usava um chapéu preto. Eu não tinha preparado nada e estava morta de sono. Então ela foi até a cozinha e serviu dois copos de gim, cheios de gelo e água tônica. Entendi que ela realmente tinha a intenção de terminar a garrafa. Voltamos para a sala, e Doris se acomodou no banquinho no qual semanas antes seu filho assistia a desenhos animados. Ela pôs o violão nas coxas e começou a cantar com uma voz que nunca havia revelado. Deixei-me hipnotizar pelo prodígio de suas cordas vocais, mas também por suas clavículas e pela curvatura de seus seios, que, apesar de sua magreza, ainda eram generosos. Postei-me atrás dela e pus o ouvido perto de seus pulmões. Minha cabeça inteira começou a vibrar. Então aproximei os lábios das vértebras de seu pescoço tentando sentir de perto o cheiro de sua pele. Não me lembro o instante exato em que comecei a beijá-la, só sei que em algum momento Doris parou de cantar e me arrastou com ela para o tapete e depois para o quarto. Uma parte de mim, com certeza a única que não estava completamente bêbada, ficava pensando em cuidar dela e fazê-la desfrutar o máximo possível. Foi essa parte que se incitou contra seu sexo, primeiro de forma doce e depois voraz. Doris lançou um grito com aquela mesma voz que eu a ouvira cantar, e não precisei de mais nenhum outro estímulo para acompanhá-la no orgasmo.

De manhã, a dor de cabeça me impediu de abrir os olhos, mas senti claramente que ela estava me observando havia muito tempo. Por fim consegui me sentar e pegar minha garrafa de água.

— O que foi? — perguntei, percebendo que ela estava olhando para mim.

— Preciso te dizer uma coisa.

A luz feria minhas pupilas, e foi por isso que fechei os olhos novamente.

— Fale — disse a ela. — Estou aqui.

— Eu gosto muito de você, Laura, mas não acho que isso vai acontecer de novo. Eu não sou lésbica. Prefiro que você saiba.

Deixei cair o peso da minha cabeça no travesseiro.

— Nem eu — respondi.

Ela demorou alguns minutos antes de voltar a falar.

— Se nenhuma de nós é lésbica, então como se chama o que aconteceu aqui ontem à noite?

— Não sei. Acho que não tem nome.

Ela voltou a se deitar na cama e soltou um longo suspiro.

Nenhum barulho vinha da rua naquele domingo. Nem ciclistas, nem manifestantes, nem uma partida de futebol. Apenas nossa respiração no quarto, escurecido pelas cortinas. E de repente, da sacada em que a porta-balcão tinha ficado entreaberta, se escutou o inconfundível arrulho das pombas, anunciando sua volta.

40

Na sexta-feira de manhã, Alina passou pelo meu prédio. Vinha sozinha e com uma atitude alegre e audaz. Aurelio tinha combinado de cuidar de Inés até as seis da tarde, assim tínhamos tempo de sobra para nos divertir. Ela subiu e tomamos chá de menta na varanda, enquanto conversávamos sobre os últimos acontecimentos.

Falamos de Inés e dos progressos sem precedentes que ela fez graças à fisioterapia. Alina me mostrou um vídeo em que a filha aparece sentada com o rosto para cima e um par de óculos roxos.

— Ela está usando óculos?

— Você não sabe o quanto ela está feliz com eles! Olha para tudo com surpresa e às vezes ri sozinha do que descobre.

Alina se virou para o teto, imitando a maneira como sua filha inspecionava o mundo com seus novos óculos, até que seus olhos encontraram a viga.

— Você tem pombas de novo?

— Suspeito que sejam as mesmas. Quando percebi, já haviam construído um novo ninho.

Ela se levantou da cadeira para observá-lo.

— Como está sua vizinha? — perguntou. — Ela foi ver Rosa?

— Sim. Combinaram que ela irá se consultar uma vez por semana. Vamos ver como ela se dá com o Altruline. A pobrezinha está aborrecida por não poder beber.

— E o menino?

— Está bem. Parece muito adaptado à sua nova vida. Falamos com ele por Skype outro dia. O cabelo está muito curto, ele diz que é por causa do calor, mas acho que queria ficar parecido com os primos. Para ser franca, sinto muita falta dele.

— Eu estive pensando — disse Alina, e pelo seu tom de voz eu sabia que ela ia fazer uma pergunta indiscreta. — Você acha que pode se apaixonar novamente a essa altura? Nos últimos anos você tem se tornado cada vez mais impaciente.

— Desde que você me conhece, sempre fui ranzinza, e isso não me impediu de me apaixonar várias vezes.

— Então você não descarta isso? — Como em tantas outras ocasiões, Alina havia me descoberto.

Levantei e baixei os ombros.

Doris chegou por volta das onze. Tocou a campainha do mesmo jeito que Nicolás fazia. Sem precisar dizer nada, Alina e eu levamos nossas taças para a pia e as esvaziamos, solidárias, antes de lhe abrir a porta. Alina trocou comigo um olhar de cumplicidade:

— Não fique nervosa — disse ela. — O que quer que tenha de acontecer, vai acontecer. Ninguém escapa disso.

La hija única © Guadalupe Nettel, 2020
c/o Indent Literary Agency
www.indentagency.com

Todos os direitos desta edição reservados à Todavia.

Grafia atualizada segundo o Acordo Ortográfico da Língua
Portuguesa de 1990, que entrou em vigor no Brasil em 2009.

capa
Luciana Facchini
ilustração de capa
David Galasse
preparação
Leny Cordeiro
revisão
Ana Alvares
Ana Maria Barbosa

1ª reimpressão, 2023

Dados Internacionais de Catalogação na Publicação (CIP)

Nettel, Guadalupe (1973-)
A filha única / Guadalupe Nettel ; tradução Silvia
Massimini Felix. — 1. ed. — São Paulo : Todavia, 2022.

Título original: La hija única
ISBN 978-65-5692-259-1

1. Literatura mexicana. 2. Romance. 3. Ficção mexicana.
I. Felix, Silvia Massimini. II. Título.

CDD 863

Índice para catálogo sistemático:
1. Literatura mexicana : Romance 863

Bruna Heller — Bibliotecária — CRB 10/2348

todavia
Rua Luís Anhaia, 44
05433.020 São Paulo SP
T. 55 11. 3094 0500
www.todavialivros.com.br

fonte
Register*
papel
Pólen natural 80 g/m²
impressão
Geográfica